KB053086

목요조곡

북스토리 재팬 클래식 플러스 012

목요조곡

온다 리쿠

김경인 옮김

북스토리

차례

목요일 전날 · 정오 직후

빙 둘러 돌아와 보면 대문 앞에 서 있는 버드나무까지는 대단히 먼 거리인데, 검은 도랑물에 비친 등불 속 삼층 유곽의 소란스런 소리는 마치 손에 잡힐 것만 같다. 줄지어 오가는 인력거 수를 일일이 헤아리지 않아도 이곳이 얼마나 장사가 잘되는지 알 수 있다. 다이온지마에(大音寺前)라는 동네 이름은 불교와 관계가 있을 것 같은데, 사람들은 이곳을 소리(音)와 색(色)이 넘치는 동네라고 한다.

미시마신사의 모퉁이를 돌아서면 이렇다 하게 볼만한 집들이 없다. 기울어져 가는 처마의 열 채짜리 스무 채짜리 집들이 늘어서 있을 뿐이다. 이 부근은 장사 같은 건 전혀 안 되는 곳이다. 그런데도 낮엔 덧문들을 반쯤 열어놓는다. 덧문에는 이상한 모양의 종이에 물감을 칠해 놓았는데, 마치 색칠한 꼬치구이 같고, 문 뒤쪽에 붙인 꼬치 모습도 역시 기묘하다. 그렇게 한 집이

한두 채가 아니다. 아침나절에 널어서 해질 무렵에 거둬들여야 하는 작업에 온 집안 식구가 매달려 있는 것 같다.

이것은 그 유명한 『키재기』의 서두 부분인데, 왜 그런지 이 집 앞에만 오면 에리코는 이 부분을 떠올리게 된다. 딱히 에도시대의 정서가 물씬 풍기는 장소도 아닌데, 집이 가까워지면 희부연하게 석양으로 스며드는 가로등과, 그다지 능숙하지 않은 더듬거리는 여자의 낭독 소리가 들려온다. 다음 순간, '아아, 저건 도키코의 목소리였지!' 하고, 지금은 죽고 없는 여자의 기억을 항상 떠올리는 것이다.

집 건너에는 작은 신사가 있다. 에리코는 집 대문 앞에 일단 섰다가, 꼭 빙그르 돌아 신사의 낡은 나무계단에 문을 등지고 앉는다. 그리곤 벌 받을 짓인 줄 알면서도 담배를 한 대 피우는 것이 습관이 되었다.

『키재기』의 미도리가 왜 마지막에 친구들을 멀리했을까 하는 이유는, 오랜 세월에 걸친 국문학자들의 연구에 따르면 초경을 경험한 때문인 것으로 되어 있다고 한다. 그건 아니지 않을까 하고, 한 여성 작가가 반론을 제기한 것은 기껏해야 10년쯤 전의 일이다. 그녀의 말인즉, 그때 미도리는 '머리를 올렸다'—다시 말해, 처음으로 손님을 받은 것이 아니었을까 하는 것이 그 설이었다. 그 설이 발표되었을 당시에는 그것이 획기적인 설이라 하여 화제가 되었다는 이야기를 듣고, 에리코는 어이가 없었던 것이다. 아무리 생각해봐도, 애당초 유녀인 언니에게 빌붙어서 온 가족이 요정에서 더부살이를 하는 환경에서 자라났고, 언니에게 교육을 받아 유녀가 된 여자아이가 초경 정도로 정서불안이 되었으리라고는 도저히 믿을 수가 없었다(초경이 여자에게 있어 큰 충격인 것만은 분명하지만). 그런 한심한 설이 오랫동안 정설로 자리매김하고 있었다니, 국문학이란 참으로 낙관적이고 로맨틱하며 그리고 완전한 남성사회라 아니할 수 없다.

에리코는 담뱃불이 붙어 있는 쪽을 자기 쪽으로 돌려, 전등갓 속의 불빛 같은 오렌지색 작은 점을 뚫어져라 응시하고 있었다.

아아 또다시, 라고 에리코는 생각했다. 또다시 이 계절이 찾아왔다. 조금은 유니크하고 조금은 씁쓰레한, 시간이 유유하게 흐르는 3일간이.

"에리코!"

그때 뒤에서 에리코를 부르는 소리가 들렸다.

에리코는 깜짝 놀라 반사적으로 허겁지겁 담배를 짓이겼다. 그리곤 쭈뼛쭈뼛 뒤를 돌아보았다.

키득키득 웃으면서 모조모피가 달린 새먼핑크색 코트를 입은 아름다운 여자가 서 있었다.

"뭐야, 시즈코 씨였어요? 깜짝 놀랐잖아요."

가슴을 쓸어내린다.

굵게 웨이브 진 찰랑찰랑한 긴 머리카락을 흔들며, 시즈코는 천진한 얼굴로 여전히 웃고 있었다.

"방에서 담배 피운 걸 들킨 고등학생 같아."

"그만해요! 진짜 놀랐단 말이에요."

그러고 보면, 급하게 담배를 끌 필요는 없었다. 이름을 불렀다는 것은 자기를 아는 사람임이 분명하고, 무엇보다 자기는 서른이 넘은 어른이 아닌가.

"에리코가 담배 피우는 모습은 꼭 남자애 같아."

"그래요?"

"응. 왠지 건조하고 은밀한 느낌! 우리 남편하고 비슷해. 여자가 피우는 담배하곤 느낌이 다르거든."

"여자가 피우는 담배는 어떤데요?"

"이리 줘봐. 이렇게."

시즈코는 에리코의 손에서 담배를 받아들더니, 서슴없이 맛있게 한 모금 빨았다.

깔끔하게 잘 손질된 손톱과 여성스러운 헤어스타일과 화장, 모든 것이 잘 어우러져 멋졌다.

요염하게 미소 짓는 시즈코에게 에리코는 어깨를 살짝 으쓱해 보였다.

"시즈코 씨는 미인이고 대담하니까 그렇죠. 내 친구들은 하나같이 나하고 비슷해요. 겁쟁이에 소심해서 구부정하게 움츠리고 빠끔빠끔 피운다고요."

"아니야. 여자의 담배에는 기분 좋은 뭔가가 있어. 단호함이랄까? 자칫 잘못하면 뻔뻔하고 거친 느낌이 들 수도 있지만. 어쨌든 난 아직 멀었어. 진짜 멋있는 건, 우리 회사의 다니구치 씨지."

"그게 누군데요?"

"유유자적한 생활을 즐기면서 청소나 잡다한 일들을 해주는 할머니인데, 일을 마친 후에 피우는 담배 한 대가 얼마나 멋진지 몰라. 난 그렇게는 도저히 못 피울 거야."

"하긴, 할머니가 피우는 담배가 멋있긴 하죠."

"아아, 맛있다!"

"피워요, 그거."

"아이, 좋아라. 땡큐!"

시즈코는 에리코 옆에 앉더니, 느긋하게 다리를 꼬고는 담배 연기를 깊이 들이마셨다. 40대 중반이지만, 여자 냄새가 물씬 풍긴다. 여자가 여자의 품위를 유지하기 위해서는 엄청난 에너지를 필요로 하는데, 그것을 당연하게 해내는 여자와 노력이 필요한 여자가 있다. 시즈코는 보기와는 다르게 영리하고 터프한 여자라서, 노력도 하고 있겠지만 그녀의 회로에는 그 에너지가 원래부터 내포되어 있는 것처럼 보인다. 에리코는 다르다. 아름다워지는 기쁨을 모르는 것도 아니고 아름다워지고 싶다고 바라기도 하지만, 그것에 에너지를 쏟을 만한 회로가 자기 안에 존재하지 않는 것이다. 그래서 다른 일에 정신이 팔려 있으면, 그것은 금세 어디론가 사라져버리고 만다.

두 사람은 멍하니 앉아서 건너편에 있는 양옥집 대문을 바라보고 있었다.

"또 왔네, 여기에."

시즈코가 담배 연기를 뱉으면서 중얼거렸다.

"네."

"언제까지 올까, 여기에?"

"글쎄요."

"저 집, 들어가면 즐거운데 들어가기까지가 쉽지 않지?"

"어머, 시즈코 씨도 그래요? 나도 항상 그런데. 그래서 이렇게 여기 앉아 담배를 피우면서 마음의 준비를 하는 거예요."

"이해해. 저긴 들어가기가 부담스럽거든. 시간의 흐름이 다르니까."

"아아, 역시."

"도키코 언니의 저주일까?"

"저주라……. 하지만 우린 그 저주의 정체가 뭔지도 잘 모르는데요?"

"그건 그래. 그걸 모르는 이상, 저주도 풀 수 없겠지."

"들어가죠. 어쨌든 에이코 씨가 만든 요리를 먹을 수 있으니까 얼마나 좋아요. 요즘 들어 제대로 된 음식을 못 먹었거든요."

"여전히 그렇게 바빠?"

"네. 돈도 없고 시간도 없고!"

에리코는 대학 강사이자 논픽션 작가다. 강사는 준비하느라 드는 수고에 비해 수입이 그다지 많지 않고, 논픽션 작가는 취재하는 데 시간과 비용이 많이 든다. 이중으로 효율이 나쁜 장사라고 항상 자조하지만, 타고난 성격이라선지 그것이 결코 고통스럽지만은 않은 것이 또 에리코를 슬프게 한다.

오늘은 몇 년 전부터 쫓아다니던 젊은 영화감독의 궤적을 비정기적으로 실어주고 있는 잡지에, 밤샘작업 끝에 원고를 보내고 온 참이었다. 3시간 정도 선잠을 잔 후 샤워를 하고 나오긴 했지만, 정신이 개운한 건 샤워를 할 때뿐이고, 추위도 거들어선지 온몸은 집요하게 수면을 요구하고 있었다.

그 집은 M시의 중심가를 약간 벗어난 곳, T강의 지류를 등지고 서 있다. 오래된 주택가에 녹아들 듯하면서도 색다른 색채를 띠고 있는 아담한 양옥이다. '우구이스* 저택'이라는 이름에서 알 수 있듯이, 목조로 된 2층짜리 건물의 지붕은 부드러운 녹갈색을 띠고 있다. 벽은 흰색이지만, 20년이 넘는 세월 탓에 벽에 붙은 널빤지는 회색으로 퇴색해 있었다.

두 사람은 문 앞에 서 있었다. 누가 먼저랄 것도 없이 걸음을 멈추고 집을 올려다본다. 현관 앞의 2층 방은 도키코의 침실이었다. 레이스가 달린 커튼 너머로 연한 파란색 커튼이 흔들리고 있었다. 누군가 있는 게 분명하다. 에이코인가? 나오미인가?

먼저 온 사람이 있는 것 같다. 그날도, 도키코는 커튼을 살짝 들어올리고는 문 앞에 서있던 에리코를 보고 웃어주었다. 그렇

*녹갈색이라는 뜻의 일본어. 휘파람새라는 뜻도 있다.

게 그녀는 손님이 모두 모인 것을 확인하고서야 아래층으로 내려오는 것이다.

문득 옆을 보니 시즈코도 역시 위를 올려다보고 있었다.

자기처럼 쓸쓸한 회상에 젖어 있는 거라 생각했지만, 그녀의 표정을 본 에리코는 깜짝 놀랐다. 그녀의 표정은 얼어붙어 있었다. 창백하고 진지한 표정으로 돌부처라도 된 것처럼 2층 창을 응시하고 있었던 것이다.

"왜 그래요, 시즈코 씨? 유령이라도 본 것 같은 얼굴을 하고."

"어?"

그냥 해본 말인데도 시즈코는 하얗게 질린 얼굴로 에리코를 돌아보았다.

"아이 참, 놀랐잖아!"

당황한 얼굴로 웃으려 애썼지만, 시즈코의 눈은 웃고 있지 않았다. 에리코는 어리둥절했다. 허둥대며 안으로 들어가는 시즈코의 뒷모습을 보고, 다시 2층 창을 올려다보았다.

그녀는 방금 2층 창에서 무엇을 보았던 것일까?

에리코는 고개를 갸웃하며 시즈코의 뒤를 따라 현관으로 들어섰다.

이 집의 주인이자 소설가였던 시게마츠 도키코가 죽은 것은 4년 전 겨울의 일이다.

목요일 전날 · 정오 직전

아야베 에이코는 하얀 내열접시에 얹힌 시금치 키슈*를 만족스럽게 눈높이로 들어올렸다.

이걸로 오케이. 그녀들의 얼굴을 본 다음에 오븐에 넣으면 딱 맞겠어! 시금치 키슈는 채소 부족이라는 강박관념에 사로잡혀 있는 여자들에게는 항상 환영받는다. 오늘은 그 외에도 여자들이 좋아할 만한 메뉴를 준비해보았다. 시오타니 에리코의 얼굴을 떠올린다. 그 애에게는 비타민이 필요해. 만성적인 수면부족인 데다 골초다. 이곳에 와 있는 동안만이라도 제대로 챙겨 먹여야지. 참돔 카르파치오, 굴 찜, 김과 채 썰어 말린 무에 참깨 식초를 뿌린 샐러드, 브로콜리와 연두부에 양념장을 얹은 샐러드, 벌써 몇 번이나 데운 포토푀**.미식가인 시즈코도 불만은 없을

*가벼운 식사로 먹을 수 있는 파이.

**고기와 채소, 향신료 등을 넣고 푹 끓인 맑은 수프.

것이다. 여느 때처럼, 4시가 지나면서부터 슬슬 연회가 시작될 것이 틀림없다.

에이코는 안경테에 달려 있는 반짝반짝 빛나는 체인을 손가락으로 살짝 만져보고는 테이블을 세팅하기 시작했다.

1층 한쪽 구석에 위치한 객실은 육각형 모양을 하고 있다. 한 면은 복도와 닿아 있고 나머지 다섯 면은 작은 정원 쪽으로 향해 있는데, 그중 세 면에 길쭉한 창이 달려 있다. 3평이 될까 말까 한 좁은 방 한가운데에 떡하니 큼직한 원탁이 놓여 있을 뿐이지만, 좁아서 오히려 마음이 편안해진다며 손님들은 좋아했다. 에이코도 도키코의 원고를 기다리는 동안은 언제나 이 방에서 테이블을 독차지하고 앉아 교정을 보기도 하고 글을 쓰기도 했던 것이다.

이렇게 하고 있으면 지금이라도 도키코가 들어올 것만 같다.

어머, 에이코 씨, 냄새 좋은데!

그날, 도키코는 『나비가 사는 집』을 마지막으로 수정하고 있었다. 에이코와 손님들을 상대하다 말고, 좋은 아이디어가 떠올랐다며 서재로 들어갔다. 그런 일에는 익숙한 손님들뿐이었으므로 모두들 신경 쓰지 않고 파티를 계속 진행했었다.

"도키코 씨가 그런 식으로 중간에 자리를 비우는 일이 자주 있었습니까?"

"네. 이야기를 하다가도 갑자기 자리를 박차고 일어나 서재로 달려가는 일도 있었어요. 그 전까지 아주 느긋하게 이야기를 하고 있었는데, 아주 갑자기 그래요. 익숙하지 않은 사람은 깜짝 놀라기도 하고 화를 내기도 하지만, 그녀에게 나쁜 뜻이 있는 건 절대 아니랍니다. 그녀는 이야기도 잘하고 손님 접대도 아주 잘하는 사람이었지만, 그녀가 만든 소설 세계의 주민이기도 했어요. 일상생활 속에서도 가끔 그쪽 세계로 불려 가는 것 같았어요. 일단 불려 가면 무섭게 그곳에 빠져들고는 했어요."

"그날 손님들은 모두 도키코 씨의 그런 습관에 익숙한 사람들뿐이었단 말이죠?"

"네. 저 말고는 모두 그녀의 친척들뿐이었으니까요."

친척……. 친척! 분명 친척이긴 하지만 도키코의 친척을 보고 있자면, 이 세상 사람 모두가 자기 친척인 게 아닐까 하는 착각이 들 정도다. 무엇보다 혈연관계가 복잡해서 지금도 나오미와 츠카사가 도키코와 어떤 식으로 연관이 있는지 생각하면 머릿속이 뒤죽박죽이 되고 만다.

그날 테이블에 앉아 있던 네 명의 얼굴을 떠올린다. 쌀쌀한 날이었다. 그날도 역시 포토푀를 만들었다. 그리고 그때 에이코는 기묘한 위화감을 느꼈다. 그것이 무엇이었는지는 모른다. 포토푀가 든 냄비를 두 손으로 들고 그 객실로 들어선 순간, 기묘한 느낌이 들었던 것이다.

그 네 명을 보면, 항상 소재와 모양이 각기 다른 융단이 늘어서 있는 모습이 연상된다. 털이 길고 화려한 시즈코, 내추럴 컬러의 마를 짜놓은 에리코, 소박하고 아담한 꽃무늬가 빽빽하게 수놓인 나오미, 유행하는 색을 사용한 비닐 같은 츠카사.

포토푀의 수증기가 얼굴에 닿아 따뜻했다. 그 수증기 너머로 네 명의 얼굴이 보였다.

그 순간…….

뭔가가 있다.

그때 에이코는 그렇게 생각했다. 여러 차례 만난, 서로에 대해 알 만큼 알고 있는 네 사람인데, 그 순간 뭔가 이물질 같은 것이 느껴졌던 것이다. 바늘에 찔린 통증 같은 작은 이물질이었지만, 그 통증은 에이코의 마음을 차갑게 쓸어내렸다.

그것은 무엇이었을까?

에이코는 와인 잔을 조명에 비추어 금 간 곳은 없는지 확인하면서 멍하니 생각에 잠겼다.

초인종이 울렸다.

에이코는 현관으로 달려갔다. 안경테에서 늘어진 체인이 흔들렸다.

"어머나!"

거기에는 멍한 표정을 한 깡마른 청년이 서 있었다. 손에는 큼직한 꽃다발을 들고 있다.

"안녕하세요, 꽃 배달 왔습니다."

"누가 보냈지요?"

"어제, 후지시로 치히로라는 분이 전화로 주문하셨습니다. 오늘 아침 속달로 메시지가 배달되었는데, 꽃 속에 넣어두었습니다."

"후지시로 치히로?"

어디선가 들어본 적이 있는 이름이지만 얼굴이 떠오르지 않았다. 문득 생각이 나서 물어보았다.

"받는 사람은 누구로 되어 있나요?"

"그게……. '시게마츠 도키코 씨의 집에 모이는 여러분에게'."

그렇다면 도키코가 세상을 떠난 것을 알고 있다는 말이다. 지금도 종종 도키코 앞으로 그녀가 죽었다는 걸 모르는 독자로부터 편지가 오고는 하는데 그런 독자도 아니고, 오늘 이 집에 모두가 모인다는 사실을 알고 있는 사람…….

에이코는 고개를 갸웃거렸다.

"수고했어요, 고마워요."

서두르는 듯한 꽃집 배달원의 얼굴을 보고 에이코는 일단 꽃을 받아들었다.

백합의 일종인 카사블랑카에 파란색과 오렌지색의 작은 꽃을 섞어놓은 화려한 꽃다발이다. 안에 작은 핑크색 봉투가 들어 있었다. 메시지인 모양이다.

그래, 다들 도착하면 그때 같이 뜯어보지, 뭐.

에이코는 큼직한 검은색 도자기 꽃병이 있다는 사실을 기억해내고, 거기에 이 꽃을 꽂을 생각에 여념이 없었다.

또다시 초인종이 울렸다.

부엌 찬장에서 꺼낸 꽃병을 마루에 놓아두고, 에이코는 다시 현관으로 나갔다.

"안녕하세요!"

날씬하고 키가 큰, 새빨간 곱슬머리에 선글라스를 쓴 여자가 서 있었다.

"어서 와요. 일등이네, 츠카사."

"어머, 내가 일등? 다른 사람들은요?"

"아직."

"자요, 선물!"

"뭘까? ……어머, 고든이잖아!"

"요즘 내가 진에 빠져 있거든요. 좋잖아요, 애주가들이 다 모이는데. 내 친구들은 술이라면 다 웬만큼은 하지만, 이렇게 술 잘 마시는 술고래들은 본 적이 없어요. 작년에도 봐요, 한밤중에 술이 부족해서 나하고 에리코가 술 파는 편의점 찾느라 혼났잖아요."

"난 그렇게까진 안 마셔."

"에이코 씨는 빼고. 에이코 씨한텐 다른 선물을 준비했지요!"

"어머, 뭔데?"

"나중에 보여줄게요."

"궁금해지잖아!"

머플러를 벗으며 안으로 들어서면서 츠카사는 힐끔 부엌 테이블에 놓인 꽃다발을 보았다.

"어머나, 굉장한 꽃다발이네요! 에이코 씨가 준비한 거예요?"

"아니야, 누군가가 보내준 거야."

"누구?"

"그걸 잘 모르겠어. 다 모이면 카드를 열어보려고."

"흐음. 이상한 일이네요."

츠카사는 현관 벽에 붙은 전신거울을 들여다보면서, 검은 가죽점퍼를 벗고 머리를 손질했다. 오뚝한 콧날에 비해 조막만 한 얼굴은 곧잘 외국산 목이 긴 개를 닮았다는 말을 듣기도 하는데, 스스로도 그렇게 생각한다. 전신거울 옆에는 작은 동판화가 걸려 있다. 도키코가 좋아했던 화가의 습작이다. 밤의 정원에 한 여자가 누워 있다. 자고 있는 건지 죽어 있는 건지…….

표정은 편안하다. 손에는 한 송이 백합이 쥐어져 있고, 하늘에는 작은 반달이 떠 있다. 이 그림을 보면 아아, 이 집에 왔구나! 하고 실감한다. 그리고 그날 일이 뇌리를 스친다.

그날은 이 그림이 없었다.

츠카사는 이 집에 마지막으로 도착했다. 객실에서는 벌써부터 밝은 웃음소리가 들려오고 있었다.

외투를 벗었을 때 문득 전신거울 옆이 휑하니 비어 있다는 걸 깨달았다.

누가 떼어냈을까? 츠카사는 열려 있는 문을 힐끔 쳐다보았다. 도키코의 화사하게 웃는 얼굴이 눈에 들어왔다. 가늘고 긴 문 너머의 세계가 순간 종교화의 모자상처럼 보였다.

츠카사는 그 풍경을 회상하면서 잠깐 그 그림을 응시했다. 이 그림이 없던 날은 그날뿐이다. 그 후로는 언제 와도 원래의 위치에 걸려 있다. 왜? 뭔가 의미가 있었던 걸까?

츠카사는 장갑의 가운뎃손가락을 물어 빼냈다. 추운 날씨에 무거운 술병을 들고 와서일까, 손가락이 굳어져서 장갑 벗기가 쉽지 않았다. 츠카사는 얼굴을 찌푸렸다.

항상 이런 느낌이야, 이 집은. 벗겨질 듯하면서 벗겨지지 않는 장갑 같아. 하지만 올해는 그럴 수 없어. 언제까지나 이런 엉거주춤한 상태는 내 성격에 맞지 않아.

"츠카사, 나 좀 도와줘. 거기 신문지를 펼쳐주면 좋겠는데."

에이코의 한가로운 목소리에 츠카사는 문득 정신을 차리고 부엌으로 향했다. 베테랑 중의 베테랑 편집자인 에이코는 사람을 보살피기도 잘하지만 사람을 쓰는 데도 능숙했다.

에이코가 꺼내온 검은색 꽃병은 꼭 바람에 나부끼는 깃발처럼 직사각형을 비틀어놓은 재미있는 모양을 하고 있다. 그 꽃병은 막 피기 시작한 카사블랑카와 잘 어울렸다.

"완벽해! 객실에 두면 좋겠어."

에이코는 두 손을 활짝 벌려 보이고, 츠카사는 팔짱을 끼고 꽃을 바라보았다.

순간 어색한 침묵이 흘렀다.

츠카사는 힐끗 에이코를 보았다. 에이코도 아주 잠깐 시선을 준 것 같았다.

"……저어, 에이코 씨. 내가 지금 무슨 생각 하고 있는지 알겠어요?"

"아니."

"거짓말. 에이코 씨도 나와 같은 생각을 하고 있었잖아요."

"같은 생각?"

"그래요. 말해볼까요? '이 꽃을 보낸 사람은 이 꽃병의 존재를 알고 있는 게 틀림없다.' 어때요?"

에이코는 말이 없었다.

"누구일까요, 이 꽃을 보낸 사람은? 자, 이렇게 바꿔 말해도 좋겠죠. 이 꽃병의 존재를 알고 있는 사람은 누구? 이 꽃을 보낸 인물은 주문할 때 이런 꽃병에 꽂을 거라는 걸 분명 설명해줬던 거예요. 이렇게 신선하고 아직 피지도 않은 카사블랑카인데 줄기를 꽤 많이 잘랐다 싶었어요. 꽂을 때 줄기를 거의 자르지 않았잖아요. 꼭 이 꽃병의 길이에 처음부터 맞춘 것 같아요. 혹시 에이코 씨, 날 속이고 있는거 아니에요?"

에이코는 쓴웃음을 지었다. 손을 살랑살랑 흔들어 보이며.

"말도 안 돼, 내가 왜 그런 짓을 하겠어?"

또다시 현관의 초인종이 울렸다.

"어머, 이번엔 누굴까?"

츠카사의 의혹에 찬 눈길을 잘라내듯 에이코는 잰걸음으로 현관으로 나갔다.

부엌에 남겨진 츠카사는 납득할 수 없다는 표정으로 카사블랑카를 응시하고 있었다.

목요일 전날 · 정오

하야시다 나오미는 걸음을 서두르고 있었다.

기분 나쁜 날씨다. 뼛속까지 추위가 스며든다. 가끔 변덕스럽게 섬뜩해질 듯한 바람이 분다. 싫다, 싫어. 안 그래도 추위를 잘 타는데.

캐멀 코트의 옷깃을 세우고 나오미는 도망치듯 돌층계를 걸어 내려갔다.

그때도 이런 날씨였어. 구름이 낮게 드리우고, 을씨년스럽고…….

약간 높은 언덕의 작은 공원을 가로지른다. 벌거숭이가 된 나무들 사이로 우구이스 저택의 녹갈색 지붕이 보였다.

이름 때문인지도 모르지만, 나오미는 항상 이 집을 볼 때마다 새집을 연상한다. 집 모양을 한 작은 새집. 지붕을 집어 들면 가볍게 들릴 것 같은.

갇혀 있는 것은 누구?

텔레비전에서 본 영화에 그런 것이 있었다. 알랭 들롱이 나왔었다. 줄거리는 잘 기억나지 않는다. 그 영화를 본 것이 초등학생 때였으니, 나오미의 머릿속에서 멋대로 줄거리가 만들어졌을 가능성도 있다. 암흑가의 전설적인 거물 인사가 정부의 집 2층에 몇 년 동안이나 숨어 살고 있다. 알랭 들롱은 그저 그런 연락통으로, 하찮은 똘마니 역을 맡았었다. 정부에게는 소박하고 얌전한 딸이 있다. 그녀는 알랭 들롱에게 마음이 있지만, 그는 상대도 해주지 않는다. 그는 그 거물 인사를 죽이고, 자기가 대신 그의 자리를 차지하려고 한다. 하지만 그 거물 인사는 그가 손을 쓰기 전에 시체로 발견된다. 그는 범인으로 지목되어 몸을 숨기지 않을 수 없게 되고, 결국은 그 거물 인사가 있었던 은신처에 몸을 숨기게 된다.

라스트가 가까워질수록 소박하고 촌티를 벗지 못하던 정부의 딸이 서서히 변모해가는 모습이 무서웠다. 사실 그를 함정에 빠뜨린 것은 그녀였다. 그녀는 알랭 들롱을 손에 넣기 위해 그가 쫓기는 몸이 되도록 일을 꾸미고, 은신처로 자신의 집을 제공한 것이다. 마지막 장면은 그녀가 어머니의 뒤를 이어 집주인이 되어, 알랭 들롱을 찾으러 온 경찰을 맞이하기 위해 현관으로 나가는 모습이다. 영화 첫 부분에서 보았던 수줍고 겁 많던 소녀의 모습은 오간 데 없다. 그녀는 매력 있고 자신감 넘치는 미소를 지으며 아주 태연한 동작으로 문을 열고 당당하게 경찰을 맞는다. 그 목소리를 들으면서, 집 안에서는 알렝 들롱이 망연자실한 표정으로 방 안을 둘러보고 있다. 앞으로 자신이, 한때 그곳에 있었던 남자처럼 몇십 년씩이나 갇혀 지낼 감옥이 될 그 방을.

지금은 그 영화 제목은 잊었지만(분명 줄거리와 별로 관계가 없는, 아무래도 좋을 제목이었다), 영화가 끝난 뒤에 해설자가 '이 영화의 원제는 〈새장 속의 새〉라고 합니다'라고 했던 것이 강하게 인상에 남아 있었다. 새장 속의 새…….

어쩌면 도키코 씨는 갇혀 있었던 게 아닐까?

공원의 계단을 내려오면서 문득 나오미는 그런 생각을 했다.

저 녹갈색 새장에.

나오미는 걸음을 재촉했다. 얼굴이 춥다. 빨리 집 안으로 들어가고 싶다. 요즘 들어 짜증 나는 일들이 계속되고 있다. 몸은 이렇게 춥고 시린데, 내 안에서는 뭔가가 부글부글 끓어오르고 있다. 거짓말쟁이……. 다들 거짓말쟁이야.

왜 이렇게 싫은 사람들투성이지? 그에 비하면 이제부터 만날 여자들—츠카사는 신랄하고, 에리코는 애교 없고, 시즈코 씨는 리얼리스트. 한마디로 평소에 만나는 사람들과는 거리가 먼 여자들이지만, 오히려 모두 솔직해서 함께 있으면 마음이 편해지는 것도 사실이다.

그런데 왜 모두 애써 이렇게 먼 곳까지 해마다 찾아오는 것일까? 아무리 도키코 씨와 인연이 있다고는 하지만, 그다지 특별하게 친했던 것도 아닌데.

너도 그중 한 사람이 아니던가? 어디선가 목소리가 들려 왔다.

그건 그렇다. 나도 애써 먼 데서 오고 있는 한 사람이다.

그러자 몸 안에서 끓어오르고 있던 것의 온도가 단번에 떨어졌다.

하지만 나한텐 목적이 있다.

나오미는 표정을 굳히고 크게 심호흡을 한 뒤 초인종을 눌렀다.

"네~!"

기다렸다는 듯 에이코가 나왔다. 안쪽에 팔짱을 끼고 서 있는 츠카사가 보였다. 에이코의 표정을 보고 나오미는 이상한 기분이 들었다. 왠지 모르게 부자연스러운 분위기가 감돌고 있는 듯한.

"어서 와. 자, 들어와. 어머, 이건 '시로타에'의 케이크?"

"네. 아카사카에 볼일이 있었거든요."

"아이, 좋아라! 이것 봐, 츠카사, 여자의 선물이란 모름지기 이래야 하는 거야. 츠카사는 글쎄 진을 사들고 왔지 뭐야."

에이코는 케이크 상자를 자랑스럽게 부엌을 향해 내밀어 보였다. 츠카사가 어깨를 움츠렸다.

"어머, 예쁘다! 에이코 씨가 준비한 거예요?"

나오미는 츠카사 앞에 있는 카사블랑카를 보고 천진하게 목소리를 높였다. 그 말에 두 사람이 떫은 표정이 되는 것을 이상히 여기며 바라보았다.

"왜 그래요?"

"아무것도 아니야. 참, 그렇지. 나오미, 2층 남쪽 방을 이번에는 나오미하고 츠카사의 침실로 정했거든. 미안하지만 홀에 있는 장롱에서 시트하고 베갯잇 좀 꺼내와 주겠어?"

"네."

나오미는 의문을 떨쳐버리고 코트와 핸드백을 들고 순순히 계단을 올랐다. 그녀는 계단을 오르면서 아무도 뒤따라 오지 않는 것을 확인했다.

두 사람 사이에 무슨 일이 있었는지 모르지만, 이것은 기회다.

나오미는 난간 너머로 슬쩍 아래층의 두 사람을 내려다본 후 재빨리 계단을 올랐다.

복도 왼쪽에 위치한 방문을 열고 소파 위에 짐을 내려놓은 후, 복도로 나가 복도 오른쪽에 위치한 방으로 발소리를 죽이며 다가갔다. 문이 잠겨 있으면 어떡하나 걱정했지만, 문은 소리 없이 열렸다.

도키코의 침실이다.

모든 것이 당시의 모습 그대로 보존되어 있는 것 같다.

파란색 커튼, 작은 나무 침대, 붙박이 책장, 향수병 컬렉션, 수많은 작은 액자…….

문득 그녀의 숨결이 느껴지는 것 같았다.

나오미는 숨을 죽이면서 가만히 방을 둘러보았다. 탐색하는 듯한 날카로운 시선을 구석구석까지 던진다.

마침내 목표물을 정한 듯 벽으로 다가가, 사진과 그림이 들어 있는 오래된 액자를 민첩하게 뒤집어보고 안을 뒤지기 시작했다.

도키코를 이해하면서도 숭배하고 있던 에이코는, 아마도 이 방만큼은 손대지 않았을 것이다. 작년에는 책상 주변을 찾아본 것이 고작이었다. 책장을 뒤지기에는 시간이 많이 걸릴 것 같고, 아래 서재라면 더 곤란해진다. 앞으로 몇 번을 더 이 집에 올 수 있을지…….

나오미는 초조해지려는 마음을 진정시키며, 조심스럽게 하나씩 하나씩 액자를 확인해간다.

어디? 어디 있지?

목요일 전날·해 질 녘

궂은 날씨였던 만큼 해가 지는 것도 빨랐다. 쌀쌀한 바람이 기세를 더해 오래된 양옥집 창문을 두드린다.

다섯 여자가 다 모이자, 근황보고도 제대로 하지 않은 채 제각기 식사 준비를 시작했다. 원래부터 요리를 하는 것은 항상 에이코의 일이었고, 다른 네 명은 자기가 마실 술을 자기 자리에 가져다 놓거나 자신의 최근 식생활이나 건강법 혹은 자주 가는 레스토랑 등에 대해 떠들어대고 있을 뿐이지만.

"난 요즘 눈이 침침해졌어. 블루베리가 눈에 좋다는데 진짜 그래?"

"그런가 보던데?"

"그냥 먹기만 하면 돼? 주스도 괜찮을까?"

"난 요즘 갈수록 몸이 더 냉해져서 죽겠어. 운동부족이란 건 알지만, 낮이고 밤이고 가만히 앉아 있는 일이라 어쩔 수 없잖

아. 마감일이 다가오면 그야말로 앉은뱅이인걸, 뭐."

"힘들지~, 몸이 냉해지는 건. 비참하단 생각 안 들어? 온몸의 근력이 떨어지니까 더 심해지고, 게다가 어깨까지 결리고."

"근육을 단련시키면 어깨결림도 좀 나아지려나?"

"나아지지 않겠어? 어깨결림의 원인 중 하나가 목과 머리의 무게를 지탱하는 어깨의 힘이 약해져서라잖아."

"어깨운동에는 역시 아령이 좋겠지?"

"자기, 하라주쿠의 스포츠센터는 어떻게 했어?"

"해약했어. 비싼 회비 내놓고 전혀 다닐 시간이 없는데 어떡해."

자유롭게 이야기꽃이 핀다.

"자~, 여러분, 아페리티프는 뭘로 할까요?"

에이코가 연극조로 목소리를 높여 물었다.

"아페리티프고 뭐고, 그런 감질나는 건 관두고 바로 메인으로 들어가죠? 나 배고파 죽겠단 말이야."

츠카사가 썰렁하게 대답한다. 시즈코가 쓰게 웃었다.

"여전히 삭막한 여자라니까. 어차피 마시기 시작하면 끝없이 마실 텐데, 처음 정도는 좀 품위 있게 가자고. 세리머니란 것도 있잖아, 세리머니! 그리고 우린 지금 1년 만에 만난 거라고."

"미안하게 됐네요, 삭막한 여자라서."

"난 아무래도 좋아. 츠카사는 혼자 진이든 럼주든 맘대로 마시고 있으면 되잖아? 좀 안타깝긴 하다, 내가 오늘 아버지 창고에서 돔 페리뇽을 슬쩍해 왔는데. 그렇죠, 에이코 씨?"

시즈코가 턱을 번쩍 치켜들자, 에이코는 웃음을 참으면서 마법처럼 녹색 병을 꺼내들었다. 오옷! 하는 감탄사가 짧게 터졌다. 객실의 클래식한 작은 샹들리에의 빛을 받아 돔 페리뇽 병은 찬연하게 빛나 보였다.

"고마워, 츠카사. 네 건 내가 마실게."

에리코가 싱글거리면서 츠카사의 어깨를 톡 쳤다. 츠카사는 잠깐 멍하게 앉아 있더니, 벌떡 일어서서는 와락 시즈코를 끌어안았다.

"으악, 시즈코 님 멋져! 아페리티프는 역시 샴페인이 최고지, 안 그래요?"

"흠, 너한텐 프라이드란 것도 없니?"

"없어 없어, 이 여자한테는."

"그까짓 거 얼마든지 버리지, 돔 페리뇽 앞에서라면."

분위기는 샴페인의 거품과 함께 단번에 들떠 올랐다.

시즈코는 육각형 벽의 한 면에 자리하고 있는 벽난로(원래 굴뚝이 없는 가짜 난로지만)에 기대앉아 건배를 선창했다. 벽난로 위에는 커다란 직사각형 거울이 있다. 시즈코의 뒷모습이 거울 속에 비치고 있다. 광택 나는 갈색 셔츠 사이로 검은 오닉스 목걸이가 엿보인다. 새하얗고 보드라운 피부와 대조되어, 옆에 놓인 검은 꽃병에 꽂힌 카사블랑카와 어우러진 것이 꼭 한 폭의 그림 같았다.

에리코는 데자뷰 현상을 느꼈다. 전에도 이런 일이 있었던 것 같은……. 그도 그렇겠지, 벌써 세 번이나 여기서 이렇게 모이고 있으니까. 생각을 바꿔먹었지만, 그런 데자뷰가 아니라고, 마음 어디에선가 속삭이는 소리가 들린다. 뭘까? 에리코는 가만히 방 안을 둘러보았다.

다소 시대착오적이지만 『작은 아씨들』이 떠올랐다. 서두 부분의 크리스마스 날 아침, 선물이 없다고 한탄하는 네 자매. 『작은 아씨들』에 빗대기에는 다들 나이가 너무 많긴 하지만. 무엇보다 여기 있는 사람들은 둘째 딸 조뿐이다. 성격도, 직업도.

시즈코는 시게마츠 도키코의 이복자매. 시즈코의 어머니의 여동생의 딸이 에리코. 도키코의 남동생의 딸이 나오미이고, 또 나오미의 이복자매가 츠카사다. 고로 시즈코와 나오미와 츠카사는 도키코와 혈연관계가 있지만, 에리코는 아니다.

시즈코의 아버지인 시게마츠 교고는 양주 수입대행회사를 경영하고 있는데, 시즈코는 아버지의 일을 도우면서 작은 출판프로덕션을 직접 경영하고 있다. 츠카사는 치과기공사 일을 하면서 순수문학을 집필하고 있고, 나오미는 주부이면서 서스펜스색이 강한 소설을 쓰는 잘나가는 작가다.

요컨대 여기 있는 사람들은 편집자인 에이코를 비롯해, 모두 장르는 다르지만 '글쓰기'를 생업으로 삼고 있는 여자들뿐이다. 이 다섯 명이 도키코라는 달 주위를 빙글빙글 맴돌고 있다. 원래 이 모임은 그런 관계로 이루어진 것이었다.

건배를 한 시즈코는 문득 벽난로 위에 놓인 꽃 속에 감춰진 핑크색 봉투를 쏙 빼냈다.

"어머, 이게 뭐야?"

"참, 잊고 있었네."

에이코가 안경을 고쳐쓰며 달려왔다.

"아까 배달 온 거야, 이 꽃. 혹시 아는 사람 있어? 후지시로 치히로라는 사람한테서 온 거라는데. 오늘 우리가 도키코를 기리기 위해 여기 모인 것을 알고 있는 사람, 얼마나 있을까?"

에이코는 봉투를 시즈코에게서 받아들고, 다시 한 번 수신인을 모두에게 보였다.

"'시게마츠 도키코 씨의 집에 모이는 여러분에게'."

츠카사가 소리 내어 읽었다.

"……이상한 이름이네, 역시."

츠카사는 빙 둘러 모두를 보았다. 모두 미심쩍다는 표정이다.

"안에 든 카드를 읽어볼게."

츠카사는 봉투에서 희고 작은 카드를 꺼내서 펼쳤다. 그리고 눈을 휘둥그레 뜨더니, 곧바로 불쾌한 표정을 지었다.

"뭐라고 적혀 있어?"

"뭐야, 이거?"

츠카사는 더러운 것이라도 되는 양 검지와 엄지로 카드를 집어 들었다. 모두 얼굴을 맞대고 카드를 읽었다. 거기에는 작은 글씨로 이렇게 적혀 있었다.

여러분의 죄를 잊지 않기 위해,

오늘 이곳에 죽은 이를 위한 꽃을 바칩니다.

에리코는 순간 섬뜩한 기분이 들었다.

오늘 이 장소에.

에리코는 저도 모르게 뒤를 돌아보았다. 창밖이나 문 뒤에 누군가가 있는 듯한 착각이 들었던 것이다. 다른 이들도 덩달아 사방으로 시선을 돌렸다.

"기분 나빠, 무슨 생각으로 보낸 거야?"

나오미의 얼굴이 빨개졌다. 진짜 화가 난 모양이다. 어디로 보나 품위 있고 자기주장이 없을 것 같은 아가씨인데, 이럴 때는 신경질적이고 과격한 기질이 드러난다.

"진짜 기분 더럽네. 꼭 우리가 도키코 씨를 죽인 것 같잖아!"

츠카사도 뾰로통하게 한마디 했다. 이윽고 에리코도 마음을 가라앉히고 카드에 적힌 문장의 내용을 분석할 기력이 살아났다.

"누구야, 후지시로 치히로가? 도키코 씨의 죽음을 도저히 믿지 못하겠다는 열광적인 팬 아닐까? 도키코 씨가 죽었을 때 같이 있었던 우리한테 책임전가를 하고 있는 건지도 모르지."

불쾌하고 무서운 데다가 분노까지 더해, 갈수록 목소리가 커졌다.

에이코가 크게 손을 저으며 한숨을 지었다.

"내가 잘못했어, 먼저 카드를 보고 버렸어야 했는데. 이제 막

파티가 시작됐는데. 버리자, 이 꽃.”

“왜 버려요, 아깝게. 꽃이 무슨 죄야. 맘껏 감상하자고요.”

여전히 분노에 찬 목소리로 나오미가 말했다.

“어이어이, 나오미, 오늘 멋있는데! 에이코 씨, 술, 술.”

츠카사가 놀리듯 말했다. 나오미가 노려보았다. 츠카사는 어깨를 움츠렸지만, 한 박자 쉬고 손을 펼쳤다.

“그래. 놔두기로 해요, 활력소라고 생각하고. 그리고 난, 이 카드에 적힌 말이 전혀 틀린 말은 아닌 것 같기도 해. 우리가 그때 그 자리에 있었던 건 불행한 우연이었지만, 어쩌면 필연이었을지도 몰라. 그렇게 생각한 적 없어요? 그날 우리가 이 집에 없었다면, 도키코 씨는 안 죽었을지도 몰라. 그런 의미에서 보면, 그 자리에 있었다는 사실 자체로도 우리는 도키코 씨의 죽음에 책임이 있는 걸지도 모르잖아요?”

쨍그랑, 하는 소리가 났다. 모두 그쪽을 돌아보았다.

에이코가 문 앞에 멍하니 서 있었다. 발밑에 와인 오프너가 떨어져 있다.

“왜 그래요, 에이코 씨?”

에리코가 물었다.

“……맞아, 어디선가 들어본 이름이다 싶었어. 어디선가 들었는데 얼굴이 떠오르지 않는다 싶더니……. 떠오를 리가 없지.”

“네?”

“뭐라고요?”

모두가 한 마디씩 거든다. 에이코는 얼빠진 얼굴로 네 명을 돌아보았다.

"후지시로 치히로."

에이코는 툭 내뱉듯 말했다.

"그럼 에이코 씨는 알고 있단 말이에요? 도대체 누구예요?"

츠카사가 재촉했다. 에이코는 메마른 소리로 작게 웃었다.

"맙소사, 우리 모두 시게마츠 도키코의 팬 아니었어?"

에이코는 헛기침을 하고 고개를 들었다. 츠카사와 에리코는 얼굴을 마주 보았다.

"주인공이야."

에이코는 낮게 말했다.

"도키코가 마지막에 썼던 작품. 『나비가 사는 집』의 주인공 이름."

네 명은 그 자리에 섬뜩해진 얼굴로 얼어붙었다.

"『나비가 사는 집』."

나오미가 반복한다. 어떤 이야기였더라? 나오미는 입을 열었다.

"후지시로 치히로……. 분명 소설 마지막에 동생에게 살해당한……?"

콰당~! 하는 소리가 방 안에 울려 퍼졌다.

시즈코가 부딪친 의자가 넘어지는 소리였다.

모두가 일제히 그쪽을 주목했다.

시즈코는 벽난로에 등을 기댄 채 부자연스러운 자세로 서 있었다.

마치 쇼윈도에서 포즈를 취하고 있는 마네킹 같다. 얼굴은 완전히 색을 잃고, 시간이 정지한 듯한 표정으로 굳어 있었다.

하지만 자세히 보니, 고르게 펴 바른 파운데이션 위로 땀이 배어나오고, 몸은 희미하게 떨리고 있었다.

에리코는 다른 사람들보다 한 템포 먼저 정신을 차리고 허겁지겁 그녀에게 달려갔다. 시즈코의 얼굴을 본 순간, 왠지 그녀가 독을 마신 건 아닐까 하는 생각이 들었던 것이다.

그때의 도키코처럼.

"시즈코 씨!"

하지만 그렇지는 않았다. 시즈코는 이젠 눈에 보일 정도로 부들부들 떨고 있었지만, 정신만큼은 온전했다.

에리코는 시즈코의 어깨를 붙잡았다. 시즈코는 아아, 하고 절망적인 신음 소리를 냈다. 한 손으로 얼굴을 감싼다.

에리코는 혼란스러워 어떻게 해야 좋을지 몰랐다. 항상 냉정하고 대담한 시즈코가 무엇 때문에 저토록 당황해하는 걸까?

"……나야."

"네?"

에리코는 시즈코의 얼굴에 귀를 바짝 가져다 댔다. 다음 목소리는 작지만 분명하게 들렸다.

"내가 도키코 언니를 죽인 거야."

목요일 전날·밤의 시작

창문 유리가 덜컹덜컹 흔들리고 있었다.

드디어 비가 내리기 시작한 모양이다.

쥐 죽은 듯 고요한 객실. 다섯 명의 여자들은 굳어버린 듯 그 자리에 서 있었다. 아직 김이 모락모락 피어오르고 있는 요리가 어딘지 모르게 불미스러워 보였다.

츠카사가 불쑥 움직였다. 모두가 몸은 움직이지 않은 채 시선만을 그녀에게로 돌렸다.

츠카사는 에이코 앞에 떨어져 있던 와인 오프너를 주워 들었다.

"……그런데, 어떤 의미에서 죽였다는 거죠?"

낮은 목소리로 속삭이면서 츠카사는 테이블 위의 와인을 집어 들었다.

코르크에 오프너의 끝을 힘주어 꾸욱 눌러 꽂는다.

"……어?"

얼마 시간이 지난 후에야 간신히 자기에게 한 질문이라는 것을 알아차렸는지, 시즈코가 창백해진 얼굴을 들었다.

자꾸 머리를 쓸어 올려 자신을 진정시키려 하고 있다.

"그러니까 어떤 의미에서 죽였냐고요? 죽인다는 것에도 여러 가지 의미가 있잖아요. 실제로 시즈코 씨가 직접 그 손으로 도키코 씨에게 독을 먹였어요? 아니면 그녀를 정신적으로 괴롭힐 만한 무슨 짓을 한 거예요?"

츠카사는 담담한 어조로 물었다. 꾸욱꾸욱 힘을 주며 와인의 코르크에 나선 모양의 금속을 박아넣는다. 곧 오프너의 끝이 코르크를 꿰뚫었다.

"글쎄……."

시즈코는 마침내 마음을 진정시킨 모양이었다. 멍해 있던 눈동자에 여느 때의 생기가 희미하게 되살아나고 있었다.

"몰라……, 모르겠어. 왜 그렇게 되어버렸는지."

그녀는 초조하게 머리를 만지작거리면서 혼란스러운 목소리로 중얼거렸다.

"그렇게 되어버리다니요?"

줄곧 시즈코 옆에 서 있던 에리코가 되물었다. 시즈코의 목소리에는 범죄자의 참회보다는 당혹스러움이 더 많이 내포되어 있는 듯했다.

다른 사람들도 그렇게 느꼈을 것이다. 시즈코의 갑작스러운 고백에 얼어붙었던 여자들도, 눈에 띄게 태도가 부드러워졌다.

아무래도 시즈코의 발언은 말 그대로의 의미는 아닌 것 같았다.

"시즈코 씨, 왜 하필 오늘, 그것도 저 편지를 보고서야 충격을 받은 거예요?"

에리코가 조용히 물었다.

시즈코는 입술을 적셨다.

"음……, 오늘 처음으로 알았어. 내가 도키코 언니를 죽인 거나 마찬가지라고……. 여동생이 언니를……, 그 가능성에 대해 이 집에 도착한 순간부터 생각하고 있었는데, 저 편지를 보니 아아, 역시 그렇구나 싶은 거야."

에리코는 에이코와 얼굴을 마주 보았다. ……오늘 처음 알았다?

"있지, 시즈코. 도대체 무슨 얘긴지 모르겠어. 언제나 명석한 당신이 왜 그래? 제발 차근차근 설명 좀 해줄 수 없을까?"

에이코가 평소의 자기 역할을 기억해낸 듯, 다소 과장된 포즈로 검지를 가슴 앞으로 올렸다. 안경에 연결된 체인이 반짝반짝 빛났다. 미국 드라마에 나오는 아줌마 탐정 같다고 에리코는 생각했다.

츠카사가 얼굴을 붉히며 잡아당기던 코르크가 퐁! 하는 소리를 내며 빠졌다.

"그러는 게 좋겠네요."

한숨을 쉬듯이 츠카사가 중얼거렸다.

모두가 테이블 주변으로 다시 자리를 잡고 앉았다. 츠카사가 무표정하게 돌아가며 와인을 따른다.

고풍적인 샹들리에 아래에 다섯 여자가 모여 있다. 심플한 디자인의 오래된 샹들리에. 장식유리가 얼음사탕 같구나. 에리코는 이 생각이 제법 마음에 들었다.

신기하게도 시즈코의 폭탄발언을 계기로, 갓 모인 다섯 명 사이에 감돌던 서먹함이 사라진 듯했다. 오랜만에 만나 아직 서로의 템포를 파악하지 못한 채 겉돌고 있던 제각각의 톱니바퀴가 간신히 맞물린 듯한 느낌이다. 어쩐지 이제 마음을 다잡고 스타트라인에 섰다는 각오가 각자의 표정에 감돌고 있다.

와인을 한 모금 마시자, 시즈코의 얼굴에 이윽고 그녀다운 냉정함이 되돌아왔다.

"지금까지 줄곧 생각해왔어……. 대체 그 사건은 뭐였을까 하고. 그 사건이란 물론 도키코 언니의 죽음을 말하는데……. 내 이야기를 시작하기 전에 다시 한 번, 지금까지 몇 번이고 해왔던 일이지만 한 번만 더 그날 무슨 일이 있었는지 정리해보고 싶은데, 괜찮겠어?"

시즈코는 빠르게 네 명의 얼굴을 돌아보았다.

여전히 무표정한 츠카사. 골똘히 생각에 잠긴 나오미. 태연한 에이코. 불안스레 시즈코를 응시하는 에리코. 시즈코는 네 명의 침묵을 오케이 사인으로 받아들이고 이야기를 시작했다.

"음, 먼저 그날 우리는 무엇 때문에 모였더라?"

혼잣말 같은 시즈코의 말에, 네 명은 여전히 침묵. 아무리 그래도 4년이란 세월은 크다. 몇 번이고 반복해 이야기 했던 사건이긴 하지만, 다시 기억을 떠올리려 하면 자기가 했던 이야기만이 머리를 스칠 뿐, 당시의 세세한 일들이 기억나지 않는 것에 당혹스러워지고 만다.

"그러게, 뭣 때문이었지?"

"츠카사의 신인상 때문 아니었어?"

"그건 그 전년도야."

"2월이니까……. 도키코 씨의 생일파티? 하지만 분위기가 그런 것 같진 않았는데."

신기한 듯한 목소리가 테이블 주변에서 들려온다. 모두가 입을 열기 시작하면서 비로소 분위기가 편안해졌다. 방 안이 조금씩 온화한 색채를 되찾고 있다. 그와 동시에 식욕도 돌아왔는지, 테이블 위의 접시로 몇 개의 손이 뻗쳐오더니 단번에 요리가 줄어들기 시작했다.

"생각났다!"

잔을 입으로 가져가면서 나오미가 작게 외쳤다. 시선이 그쪽으로 집중된다.

"유지 씨의 재혼문제였어."

모두 앗! 하는 표정이 되었다. 그리고 뒤이어 일제히 한 마디씩 했다.

"아아, 그래, 그랬지."

"그런 일도 있었구나."

"그때는 참 큰 문제였는데, 까맣게 잊고 있었네."

시게마츠 유지는 도키코의 동생으로, 모 유명 사립대학의 프랑스문학 교수였다. 어머니나 누나인 도키코의 아낌없는 사랑을 받으며 자란 탓인지 여자에게는 한없이 어린아이 같은 사람이다. 이성이 보기에 더할 수 없이 매력적인 사람이라는 것은 의심의 여지가 없는 사실이지만, 여자에게 쉽게 반하고 쉽게 질리는 것이 옥에 티다. 그 당시 그는 대학원생이던 제자와 세 번째 결혼을 한다고 떠들썩하게 발표했다. 게다가 그녀는 다른 남자와 약혼 중이었다는 서비스까지 달고 있었다. 그의 세 번째 결혼은 대학 내에서도 상당한 스캔들이 되었고, 당시 시게마츠 가에서는 대단한 이야깃거리였다.

하지만 원래 시게마츠 가는 유서 깊은 집안임에도 불구하고 예술가적인 개인주의를 대대로 철저하게 존중해왔다.

결혼쯤은 한 번으로 끝나지 않는다는 것이 상식으로 통하는 집안으로, 특히 연애에 관해서는 애당초 모럴이란 걸 추구하지 않는 편이었다. 시즈코와 도키코를 보더라도, 이복 자매끼리 거리낌 없이 어울리고 개방적으로 교류하는 것을 당연하게 여기고 있었다. 그러니 유지가 스물네 살이나 어린 아가씨와 사랑에 빠졌건 다른 사람의 여자를 빼앗았건 아무래도 상관없는 일이었다. 다만 어쩌다 차 한잔하다 나눈 이야기 끝에 "유지 씨도 참 너무하지 않아?"라는 말이 나왔고, 그것이 계기가 되어 유지의 여성편력과 여성취향 등을 품평하기 위해 일상이 지루했던 여자들이 모였던 것이 그날 모임의 이유였다. 참고로 말하면, 그의 세 번째 결혼은 이루어지긴 했지만 1년도 안 되어 파탄. 그녀가 옛 약혼자 곁으로 돌아갔는지 어땠는지는 아직까지 확인된 바 없다.

"세 번째는 짧았지. 요즘 어때, 유지 씨는?"

"지금은 우라센케•의 다도 선생하고 열애 중. 딸이 둘 있는 과부래."

"참 끊임없이 잘도 구해오네."

"타고난 연애체질인 게 분명해. 나나 츠카사하고는 달리."

"왜 거기서 내 이름이 나와?"

여자들은 불쑥 테이블 위로 상반신을 내밀며 눈을 빛냈다.

'타인의 가십'이라는 먹이만큼 여자의 본성을 발휘하게 하는 것은 없을 것이다. 게다가 여기에는 타인을 관찰하고 분석해서 요리하는 것이 특기인 여자들만 모여 있지 않은가!

"그래도 역시 유지 씨는 충실하게 잘해내고 있어. 그건 재능이야."

"그래 맞아, 놀라워. 뭐니 뭐니 해도 충실한 남자는 사랑 받게 되어 있지."

•裏千家, 다도유파의 하나로 최대의 문하생을 자랑한다.

"말솜씨 좋은 남자를 우습게 여기긴 해도, 사실 여자는 칭찬에 약하니까."

"유지 씨의 충실함은 타고난 게 분명해. 언젠가 제사 때문에 같은 방향으로 가게 된 적이 있는데, 보고 있으면서 정말 놀랐다니까. 담뱃가게 할머니가 됐든 전철에서 발을 밟힌 여자가 됐든, 어떤 여자한테고 눈을 마주치면서 싱긋 웃는 거야. 완전히 조건반사인 거 있지. 도둑이 들었어도, 상대가 여자라면 분명 웃으면서 명함을 내밀걸! 그뿐만이 아니야. 난 빨리 목적지에 도착하고 싶은데 그 사람은 틈만 나면 멈춰 서는 거야. 왠지 알아? 지금처럼 휴대전화가 있는 게 아니니까, 공중전화를 발견할 때마다 전화기로 달려가는 거야. 그것도 상대는 다 다른 여자. 왼손에는 수화기, 오른손에는 동전이 가득 든 동전지갑. 말하는 것도 얼마나 아니꼬운지 알아? '아니, 무슨 용건이 있는 건 아니고, 괜히 당신 목소리가 듣고 싶어져서' 이러는 거야. 물론 듣는 사람은 기분 나쁠 리 없지. 진짜 대단한 시게마츠 유지! 그 지칠 줄 모르는 노력. 미래에 만 분의 일이라도 연애로 발전할 가능성이 있을 것 같은 싹에는 마르지 않도록 물을 준다. 이 정도는 돼야 진정한 연애체질이라 할 수 있겠지."

"그런 일을 아주 자연스럽게 하면서도 저질스럽지는 않다는 게 대단한 점이야."

"헤어진 여자의 원망도 사지 않고."

"맞아. 특히 그 남자, 인텔리 여자한테 엄청 강하잖아."

"그러고 보니까, 한때 어떤 뉴스캐스터가 그 사람한테 푹 빠져 있었던 적 있었지?"

"있었지. 볼 화장이 지나치게 진한, 아저씨들한테 이상하게 인기가 많았던 여자 말이지? 그것도 정치가나 회사 중역 같은 기름기 좔좔 흐르는 아저씨들한테."

"내 영혼을 봐준 사람은 당신뿐이에요, 였던가?"

"그 말, 한때 우리들 사이에서 유행했었잖아."

"나도 편집자한테 한번 써볼까?"

"원고가 안 써져서 머리가 이상해졌다고 생각할걸!"

"인텔리 여자는 자기가 여자라는 것 이외의 부가가치가 있다고 믿으니까, 그 부가가치를 치켜세워주면 허망하게 넘어오고 만다니까. 가장 칭찬받고 싶은 부분을 칭찬해준 것뿐인데, '이 사람은 날 이해해주는 사람'이라고 착각하고 마는 거지."

"과연 유지 씨는 상대 여자를 이해하고 있을까?"

"아니지 않을까?"

"상대방의 장점을 찾아내는 데는 선수잖아."

"그러니까 연애를 할 수 있는 거야."

"상대방의 장점을 자기 멋대로 연결해서, 사랑하는 사람의 이상적인 모습을 만들어버리는 거야. 왜 어릴 때 있었잖아? 종이에 점이 잔뜩 찍혀 있는데, 그 점에 적힌 번호를 따라 순서대로 연결해가면 그림이 완성되는 것. 그거야."

"그러니까 환멸도 빠르지."

그때 에이코가 흠흠, 헛기침을 했다. 모두가 번뜩 정신을 차렸다.

"그만 이야기를 진전시켰으면 하는데, 어때?"

겸연쩍은 표정으로 여자들은 저마다 와인 잔을 입으로 가져갔다. 바로 조금 전까지만 해도, 이 무슨 살인 사건의 고백인가! 하는 이상한 긴장상태에 빠져 있었던 것이 거짓말 같다. 어쩌면 여자들의 수다는 그 반동이었는지 모른다.

하지만 당사자인 시즈코도 이미 여느 때의 모습을 되찾았고, 자진해서 두 병째의 와인을 꺼내오기 위해 자리에서 일어섰다. 그 눈동자에서 그녀의 예민한 두뇌가 풀가동되기 시작했음이 엿보였다.

에리코는 벌써 담배가 피우고 싶어졌다.

오늘은 참으려고 했는데. 굼실굼실 몸을 움직인다.

아무래도 오늘 밤은 장기전이 될 것 같다. 올해는 여느 때와 다르다. 어디선가 경고등이 점멸하고 있는 듯한 야릇한 긴장감이 등줄기를 간질이고 있다.

역시, 피우자! 앞으로 언제까지 마시게 될지 모르니, 담배라도 피우면서 가끔 술을 쉬어주는 게 더 오래 버틸 것 같다. 에이코 씨는 싫어하겠지만.

그녀는 뒤쪽 의자에 놓아둔, 오래되어 손때 묻은 낡은 숄더백으로 손을 뻗었다.

"에리코, 아직도 그 가방 쓰고 있네!"

나오미가 감탄스러운 듯 중얼거렸다. 꽤 오래전에 도키코가 준 것이다.

그러고 보니 여기 올 때는 항상 이 가방이었네.

에리코도 그 말을 듣고서야 깨달았다. 새삼스레 도키코라는 사람이 가진 마력에 놀란다. 너그럽고 남의 일에 간섭하지 않는 사람이었지만, 그 자리에 있으면 왠지 그녀에게 지배당하게 되는 그런 느낌이었다. 아니, 없어진 지금까지도 이 집 안에서는 아직 그녀의 지배하에 있다.

담배를 꺼낸 후, 문득 별생각 없이 좀처럼 사용하지 않는 바깥쪽 주머니를 열어보았다.

안에는 누렇게 색이 바랜 종이가 들어 있었다.

"우와, 역시 있었어!"

"뭔데?"

에리코의 엉뚱한 외침에 모두가 그녀를 주목했다.

"짜잔~, 비밀병기 발견!"

에리코는 그 종잇조각을 꺼내어 높이 쳐들었다.

"그 지저분한 종잇조각이 어쨌다는 건데?"

시즈코가 와인을 들고 나타났다. 츠카사가 재빨리 병을 받아 들고 라벨을 확인했다.

"기억해? 모두의 행동표."

"뭐~?"

에리코가 테이블 한가운데에 있던 접시를 밀쳐내고 그 종이를 펼치자, 모두 일제히 그것을 들여다보았다.

"이야, 진짜네! 이런 걸 아직도 가지고 있었어?"

"분명 썼었어, 이거."

종이에는 다섯 명의 필적이 줄 서듯 얌전하게 쓰여 있었다. 그 날 각자 한 행동을 일람표로 만든 것이다. 도키코의 이상을 눈치채고 구급차를 불렀지만, 그녀는 의식을 되찾지 못하고 그대로 밤늦게 눈을 감았다. 약물에 의한 죽음이 분명했기 때문에 변사처리되었고, 다섯 명은 경찰의 심문수사를 받았다. 하지만 그 뒤로 도키코의 유서가 발견되어,

결국 사건은 자살로 마무리되었던 것이다. 이 메모는 심문수사가 끝난 후에 흥분했던 다섯 명이 기억을 더듬어가며 만들었던 것이다.

메모의 글씨를 본 순간, 나오미는 갖가지 기억들이 주마등처럼 스쳐가는 것을 느꼈다.

이 집 어딘가에 있어, 나오미.

어두침침한 계단. 흔들리는 레이스 커튼.

평소 억눌러두었던 자기 내면에서 끓어오르는, 설명할 수 없는 격한 감정이 관자놀이를 뜨겁게 한다.

나오미는 남모르게 이를 악물었다.

아, 그래. 그랬어.

도키코의 침실. 수많은 작은 액자들. 숨을 죽이고 눈을 빛내며 액자를 들춰보는 자신의 모습이 플래시백된다.

찾아봐.

휘감아오는 듯한 목소리. 절대권력을 가지고 있음을 확신하는 목소리. 나오미가 그 일을 하리라는 것을, 자존심을 다 버리고서라도 그렇게 하리라는 것을 그녀는 환히 내다 보고 있었던 것이다.

그래, 나는 아직도 미련스럽게 찾고 있다. 하지만 두고 봐, 몇 년이 걸리더라도 반드시 찾아내고 말 테니까.

나오미는 작게 숨을 들이쉬고 메모를 보았다.

옆에서 시즈코가 뚫어져라 같은 메모를 응시하고 있었다.

"……아주 선명하게 기억나, 그날 일이. 이런 메모가 타이밍도 절묘하게 오늘 발견되었다는 건, 역시 운명이겠지?"

조용히 말하고, 정색한 얼굴로 모두를 빠르게 돌아본다.

다섯 명의 시선이 순간 교차했다.

그 사건이 있던 날의 오후를 재현하면 이렇다.

4년 전의 목요일 오후

에이코는 여느 때와 마찬가지로 아침부터 우구이스 저택의 객실에 자리를 틀고 앉아, 도키코의 최신작 『나비가 사는 집』의 마지막 원고 체크를 하고 있었다. 『나비가 사는 집』은 도키코가 오랜만에 쓴 장편이다. 구상도 두세 번 바뀌었고 원고가 추가될 때마다 대폭적인 수정이 있었기 때문에, 에이코도 여러 번 반복해 읽으면서 전체의 균형에 위화감은 없는지 숙고에 숙고를 더하고 있었다.

점심시간이 다 되어가자, 에이코는 1층 서재에 있는 도키코에게 문밖에서 말을 걸었다. 두세 번 불러도 대답이 없는 것은 그녀가 일에 몰두하고 있다는 증거다. 그럴 때는 억지로 불러내지 말고 가만히 내버려두었다.

에이코는 도키코가 데뷔한 당시부터 그녀를 맡아온 담당편집자로, 오랜 세월 이인삼각으로 함께 일해왔다. 지금은 거의 우구이스 저택에 살다시피 하고 있다. 두 사람의 관계는 이미 작가와 편집자라는 범위를 넘어서, 공동생활자로서 에이코는 도키코의 모든 신변문제를 돌봐주고 있었다.

눈감고도 다닐 수 있을 정도로 빤한 집 안에서 에이코는 집안의 모든 것을 자유롭게 사용하도록 허락받았다.

오후에는 도키코의 친척 아가씨들이 찾아올 것이다. 먹고 마시는 걸 너무너무 좋아하는 네 명의 여자다. 슬슬 준비를 시작해볼까? 객실 입구의 문 위에 걸려 있는 시계를 보고 에이코는 부엌에 남아 있던 바게트로 잽싸게 프렌치 토스트를 만들어 대충 끼니를 때웠다. 부엌에 틀어박혀 저녁 식사 준비를 시작한 것은 12시를 조금 지난 시간이었다고 기억하고 있다. 에이코의 요리 실력은 프로급으로, 편집자를 은퇴하면 우구이스 저택을 레스토랑으로 개조해버릴까 하고 농담 삼아 곧잘 말할 정도다.

한참 음식 준비를 할 때는 정신이 없지만, 잠시 후 서재 문이 열리고 도키코가 2층으로 올라가는 소리가 들렸다.

이때의 시간은 잘 모른다. 2시가 되기 조금 전이었던 모양이다.

현관의 초인종 소리가 들려 에이코가 시계를 보았을 때는 2시 20분이었다.

가장 먼저 도착한 것은 에리코다. 에리코는 집에 도착했을 때, 2층 침실 창문에서 웃어 보이던 도키코를 보았다.

에리코는 에이코와 현관에 서서 잠깐 이야기를 나눈 뒤, 객실로 들어와 읽다 만 잡지를 읽었다. 2시 30분에 시즈코가 도착.

시즈코도 2층 창가에 서 있던 도키코를 목격했다. 시즈코도 객실로 들어와 에리코와 잡담. 2시 40분에 나오미가 도착했고, 객실의 두 명과 합류. 그리고 잠시 후, 도키코는 2층에서 내려와 객실에 있던 세 명과 이야기를 주고받았다. 그렇고 그런 시시한 이야기. 도키코에게 이상한 점은 없었다. 굳이 말하자면 흥분해서 들떠 있는 것처럼 보였다.

"지금 막 좋은 생각이 떠올랐어. 그 부분을 써버리고 싶어서."

도키코는 이렇게 말하고 서재로 다시 들어가버렸다. 도키코가 일에 빠지면 손님 같은 건 안중에도 없다는 것을 알고 있는 세 명은, 저녁 식사에 안 나타날지도 모르겠네! 하고 입을 모았다. 3시 20분, 츠카사가 도착. 네 명은 끝없는 이야기를 주고받다가 4시 반이 지나자 늘 그랬듯이 연회를 시작했다. 5시가 지나서 전화가 울렸고, 도키코는 복도에 있는 전화를 받기 위해 서재에서 나와 수화기를 들었다. 고교 시절 친구로, 동창회 명부에 도키코의 주소를 실어도 되겠느냐는 전화였다. 도키코는 그것을 완곡하게 거절하고, 잠시 잡담을 나눈 후 서재로 돌아갔다. 6시 무렵, 도키코가 약을 먹겠다며 물이 든 컵을 들고 2층으로 올라가는 것을 다섯 명이 목격했다. 그리고 1시간 정도가 지났을 때, 아무리 그래도 뭐 좀 먹어야 되는 것 아니냐며 에이코가 2층의 도키코를 부르러 갔고, 그 이변을 발견했다. 구급차를 불러 침실에 쓰러져 있던 도키코를 실어낸 것이 7시 25분경. 다섯 명 모두 병원으로 달려가 기다렸지만, 밤 10시경 도키코는 돌아오지 못할 사람이 되었다.

도키코는 방바닥에 쓰러져 있었다. 그녀는 일은 주로 1층의 커다란 서재에서 했지만, 자기 전에 두서없이 떠오르는 아이디어를 메모하는 습관이 있었기 때문에, 침대 옆에도 작은 집필용 책상을 놓아두고 있었다. 그 책상에는 작은 주전자와 유리컵, 약을 넣어두는 유리병이 놓여 있었다. 그녀는 비만기가 있고 혈압이 높았기 때문에, 혈압약을 복용하고 있었다. 컵에는 마시다 만 물이 들어 있었는데, 이것을 마신 후에 혼절한 것으로 보였다. 그 남은 물을 분석한 결과, 청산 종류의 독물이 발견된 것이다. 도키코의 몸에서도 같은 독물이 발견되어, 그것이 사인임이 판명되었다.

자살이냐 타살이냐가 문제가 된 것은 말할 것도 없다. 하지만 독이 들어 있었던 컵에는 도키코의 지문만이 찍혀 있었다. 게다가 서재에 있는 금고를 열어본 결과, 컵에 들어 있던 것과 같은 독의 캡슐과 에이코 앞으로 남긴 유서가 발견되었다. 사실은 다섯 명 모두 이전부터 도키코가 '진짜 독을 가지고 있다'고 말했던 것을 듣긴 했지만, 직접 본 사람은 아무도 없고 다들 농담이라고 생각했다. 뜻밖에도 그것이 사실이었다는 것이 증명된 셈이다. 유서는 탐미적이고 현학적인 작풍의 도키코다운 문장으로 장황하게 쓰여 있었다. 해가 갈수록 소설을 쓰기가 어렵게 되고, 한 작품을 완성하는 데 드는 시간이 길어졌다. 몸은 말할 것도 없이 말을 안 듣게 되고, 무엇보다 그토록 사랑했던 아름다운 것들에 점점 무감동해지는 자신을 견딜 수 없다. 그러니 마지막을 지켜봐줄 친구들이 있을 때 스스로 막을 내리고 싶다는 그런 내용이었다. 필적은 틀림없는 도키코의 것이다.

결국 그것이 결정타가 되었다. 도키코의 죽음은 자살로 결론지어졌고, 도키코가 전부터 바라왔던 대로 가까운 사람들만이 자리한 가운데 밀장되었다.

목요일 전날·밤의 시작(속편)

색 바랜 행동표를 토대로 당시의 사실을 확인한 다섯 명은 말이 없었다.

다섯 명의 얼굴에는 복잡한 표정이 아른거렸다.

"'사실'다운 것은 이것뿐이네."

시즈코가 냉정하게 중얼거렸다.

"적어도 이것을 우리는 '사실'이라고 지난 4년 동안 받아들여왔다는 말인데, 우린 다 잘 알고 있잖아? 이것이 '사실'인지 아닌지 의심스럽다는 것을. 그러니까 몇 년씩 도키코 언니의 기일이 있는 주의 목요일이면 이렇게 모였던 거 아니었어? 각자가 가슴에 품고 있는 의문이나 의견이 많을 것 같은데?"

여자들의 얼굴에 동요가 일었다.

이것은 아무래도 판도라의 상자를 열겠다는 시즈코의 선언 같았다.

분명 그 사건에 대해 솔직히 터놓고 이야기한 적은 없었다. 사건에 대한 감상이나 의견, 깊이 있는 고찰 등……. 평소 같으면 그런 대응이 그녀들에게 더 어울렸을 것이다. 하지만 도키코라는, 그녀들에게 너무 가까운 사람이자 이른 바 '성역'인 대상에 관해서는 감히 그런 대응을 하는 것이 꺼려졌다는 게 솔직한 이야기일 것이다. 하고 싶은 말을 솔직히 나누는 것 같으면서도, 역시 거기에는 보이지 않는 벽이 있다. 애당초 '죽였다'는 말이 그녀들 사이에서 나온 것도 오늘이 처음이다. 시즈코가 비틀거리며 "내가 도키코 언니를 죽인 거야"라고 말한 순간부터, 이미 불길한 상자의 뚜껑은 열렸던 것인지도 모른다.

"잠깐만! 지금 여기서 '시게마츠 도키코 살인 사건'이 개막되려 하고 있다는 건 알겠는데, 그 전에 모두의 견해를 분명히 밝혔으면 해. 그것이 살인 사건이었을까? 자살과 타살은 엄연히 달라. 타살이라면 범인을 찾아내야 해. 범인을 찾는다면, 당연히 여기 있는 우리도 그 범주에 들어가겠지. 다들 그럴 각오는 되어 있는 거야? 만일 여기서 범인이 고백한다면, 우리는 그 범인을 경찰에 넘길 수 있을까?"

츠카사가 침울한 표정으로 물었다.

여자들은 머뭇거렸다. 자기들 중에 살인자가 있을 수도 있다는 이론은, 그때까지 그녀들 사이에서 인식된 적도 거론된 적도 없었던 것이다.

시즈코는 예상하고 있던 질문이었는지 꿈쩍도 하지 않았다.

오히려 츠카사를 뚫어져라 바라보고 있다.

"그러니까 뭐야, 자기는 지금 내가 여기서 '미안, 내가 한 말은 잊고 여느 때처럼 화기애애하게 연회를 시작하자!'라고 말하면 그대로 해주겠다는 말이야? 지금까지처럼 뭔지 모르게 개운하진 않지만, 입에 담지 말고 좋게 좋게 지내는 것이 자기가 바라는 거야?"

츠카사는 할 말을 잃었다. 시즈코가 그런 말을 한다면 누구보다 먼저 츠카사가 반대하고 나설 것은 뻔했기 때문이다.

"괜찮지 않을까? 우리 각자가 생각하고 있는 걸 이야기해보는 게. 결과가 어떻게 될지는 아직 모르잖아. 결론이 나올 거라고 단언할 수도 없고, 만일 뜻하지 않은 결과가 나온다고 해도 나는 후회하지 않아. 이대로 또 내년까지 어중간하게 기다리는 거, 이젠 지겨워."

에리코가 부드럽지만 분명하게 말했다. 나오미도 작게 고개를 끄덕였다. 뭔가를 확실하게 해야 하는데, 그것이 뭔지 모른다. 그것을 어떻게 밝혀내야 할지 잘 모르지만, 그 의문을 지울 수도 없다. 그런 식으로 흐지부지 지나가 버린 4년이었다. 모두가 그런 상태에 갑갑해하며 불만을 품었던 것은 분명한 듯, 여자들을 감싸고 있는 공기는 시즈코에게 합의하는 쪽으로 슬슬 기울고 있었다.

"그래. 우리도 어른인데, 어떤 결론이 나오든 그때는 그때. 융통성 있는 대응책을 생각해보자고. 그러니까 여기서 이렇게 확인하면 되는 거 아니야? 여기서 말한 것은 절대 함구하기. 여기서 말한 것을 후회하지 않기. 나중에 '그만둘 걸 그랬다'고 말하기 없기. 어때?"

에이코가 태연하게 마무리한다. 모두 말이 없다.

땡! 부엌 쪽에서 오븐 소리가 났다.

"어머, 시금치 키슈가 다 됐나 봐. 잠깐만 기다려요."

에이코가 급하게 자리에서 일어섰다. 에리코도 뒤를 따라 일어섰다.

"에리코는 왜?"

"미안, 맥주 마시려고."

"말도 안 돼, 와인 뒤에 맥주를 마시다니."

"왜 그런지 요즘 맥주를 안 마시면 영 기분이 안 나서."

어이없어하는 시즈코와 다른 두 명을 뒤로하고 에리코는 부엌으로 들어갔다.

에이코가 따끈따끈한 키슈를 오븐에서 꺼내어 아라비아풍의 파란색 접시에 담고 있는 중이었다.

"어머, 맛있겠다!"

에리코가 냉장고 문을 열며 말했다.

"에리코, 그럼 맛있게 먹어줘야 해. 자긴 비타민 부족이야. 보니까, 아까부터 거의 안 먹던데."

에이코가 짐짓 노려보며 말했다.

"아이, 아니에요. 나로선 많이 먹고 있는 거예요. 이렇게 맛있는 게 많은데."

항의하면서 에리코는 시선을 차가운 상자 안으로 돌렸다. 냉장고 안에는 여러 가지 것들이 빽빽이 들어차 있었다. 남의 집 냉장고와 책장은 저도 모르게 그 안을 관찰하고 만다. 제조일이 적힌 수제 토마토소스. 식은 밥이 한 그릇. 리버 페이스트 병. 랩으로 싸놓은 먹다 만 치즈 몇 조각. 김 조림.

우와, 에이코 씨도 나가타니엔*을 애용하는구나, 의외네!

캔맥주를 꺼내 그 자리에서 뚜껑을 딴다.

"에리코, 잔은?"

"됐어요. 괜히 설거지거리 늘릴 필요 없잖아요. 이대로 오케이!"

에리코는 벽에 기댄 채 맥주를 한 모금 마셨다. 차가운 액체가 목구멍 속으로 흘러들어간다. 뇌의 어딘가에서 누군가가 속삭인다. 정신 차려! 제2라운드는 이제부터 시작이야.

"보기 싫게 그게 뭐야. 다 큰 여자애가."

키슈를 자르면서 에이코가 얼굴을 찌푸렸다.

에리코는 피식 웃었다.

"……나, 올해 서른다섯이에요. 에이코 씨한테는 언제까지나 여자애겠지만."

"그래. 다카자키 씨는 잘 있어?"

* 永谷園, 일본의 음식료품 제조 · 판매 회사.

"네……, 잘 있겠죠."

"어머, 안 만나?"

"만나긴 하지만. 새삼스럽게 죽고 못 사는 사이도 아닌데요, 뭘."

"동거를 하는 건 어때?"

"음, 동거한다고 해도 서로 시간이 엇갈릴 게 뻔하고, 이미 우린 그럴 기회를 진작 놓쳐버렸어요. 끝낼 용기도 없고, 새로운 누군가와 다시 시작할 용기도 없고. 나이도 어중간하고, 후후."

에리코는 꿀꺽 맥주를 마셨다. 유독 목덜미가 썰렁한 것은 비단 맥주 때문만은 아닐 것이다. 노부오와 나는 아주 먼 옛날 잘못된 선택을 하고 만 것이다. 만남 이후로 너무나 오랜 세월이 흘렀다. 만일 좀 더 일찍 결혼을 했더라면 어땠을까. 부부로 살아간 시간을 쌓아 이 형용할 수 없는 세월을 지금과는 다른 시점에서 바라볼 수 있었을까?

"도키코 씨도, 틀림없이 언제까지나 우리를 '친척 여자애'로만 생각했겠죠?"

에리코가 벽에 기댄 채 중얼거렸다.

"그랬겠지, 사랑스러운 가족이니까. 도키코 씨는 당신들을 정말 좋아했어."

에이코가 접시를 들고 미소 짓자, 에리코는 메마른 웃음을 흘렸다.

"아니, 그런 뜻이 아니에요. 그 사람은 우리들 중 그 누구도 제대로 된 글쟁이로 인정하지 않았을 거란 생각이 들어요."

에이코의 움직임이 멈췄다.

"그렇게 생각 안 해요, 에이코 씨?"

"무슨 바보 같은 소리! 자, 키슈 다 식겠다."

에리코는 어깨를 움츠리고 에이코의 뒤를 따라 부엌을 나섰다.

하지만 사실이다. 분명 에이코 씨도 인정하지 않고 있는 게 틀림없다.

이 세상 그 누구도 시게마츠 도키코를 대신할 수는 없는 것이다.

목요일 전날 밤 · 1

시금치 키슈는 아주 맛있었다.

여자들은 오물오물 입을 움직이고 와인을 마시고, 맛을 음미하면서 시즈코에게 힐끔힐끔 눈길을 보내고 있었다.

시즈코는 에이코의 훌륭한 요리가 살인담 때문에 제맛을 잃을까 염려한 것인지, 아니면 그냥 키슈의 맛에 푹 빠져 있었는지는 모르지만, 말없이 요리만 먹고 있었다.

키슈가 거의 위 속으로 사라진 후, 시즈코는 서서히 도화선에 불을 댕겼다.

"나, 그 사건이 있기 며칠 전에 도키코 언니를 긴자에서 만났어."

"어머, 그랬어? 어디서?"

에이코가 의외라는 목소리로 물었다.

"N화랑에서. 난 우리 회사에서 화집을 낸 화가 선생님의 개인

전에 갔던 건데, 도키코 언니도 마침 같은 날 거기 왔었더라고. 정말 우연이었어."

시즈코는 굉장히 유명한 동판화가 이름을 댔다. 도키코의 책 표지 그림도 그려준 화가다. 도키코는 만년에는 외출하는 것을 좋아하지 않았지만, 젊어서부터 알고 지내는 화가인 데다 함께 일도 하고 있던 터라 의리상 찾아갔을 것이다.

"그래서 선생님하고 도키코 언니하고, 셋이서 식사를 했어. 그때 어딘지 모르게 이상하단 생각이 들었어……. 에이코 씨, 언제부터 그렇게 심해졌어요?"

시즈코는 힐끗 에이코를 보았다.

"뭐가?"

"도키코 언니의 어깨 말이에요. 오른팔을 거의 들어올리지 못하던데."

다들 놀라는 표정을 지었다.

에이코가 어깨를 움츠렸다.

"전부터 조금씩……. 어깨가 아프다고 훨씬 전부터 말했는데, '직업병이지 뭐'라고 웃곤 했어. 마사지며 침이며, 도키코도 여러 가지 시도는 해본 것 같았는데. 특히 그 무렵에는 통증이 심했던 모양이야. 하지만 도키코가 여러분한텐 말하지 말아달라고 했고, 나도 딱히 말할 필요가 없다고 생각했거든."

"그랬다면 당연히 집필 속도가 떨어졌을 거야. 도키코 씨 만년필만 고집했잖아. 게다가 원고용지도 특별주문해서 썼고, 자기 필체로 소설을 쓴다는 행위를 사랑했으니까."

"육필원고도 전부 자기가 직접 보관하고 있었는걸."

"괴로웠을 거야."

모두 제각각 한 마디씩 했다.

"그럼……!"

츠카사가 깜짝 놀란 사람처럼 중얼거렸다.

"역시 자살 아닐까?"

시즈코를 제외한 모두가 얼굴을 마주 보았다. 츠카사가 말을 이었다.

"나만 그랬을지 모르지만, 애당초 우리가 품고 있었던 최대의 의문점은 도키코 씨가 과연 자살을 할 수 있었을까 하는 것 아니었어? 하긴 유서가 발견되었고, 아무리 봐도 도키코 씨의 글씨에 도키코 씨 문장이었지만. 하지만 그날 도키코 씨는 들떠 있는 것처럼 보였고, 무엇보다 '좋은 아이디어가 떠올랐다'고 했어. 나도 작가랍시고, 좋은 아이디어가 떠오르면 얼마나 기쁜지 몰라. 언젠가는 멋진 작품으로 만들고 말겠다는 포부로, 서둘러 내 안에 가둬두는걸. 적어도 그 시점에서 도키코 씨가 자살하리라곤 도저히 생각할 수 없었던 거야. 그 점이 우리에게는 납득이 안 갔던 거 아냐? 하지만 지금 이야기를 들어보면, 그럴듯한 동기가 있었던 셈이잖아. 어쨌든 나한테는 납득이 갈 만한 동기야. 유서 내용과도 딱 들어맞아. 자살이 분명해. 왜 진작 말해주지 않았어요?"

"경찰에겐 말했어. 나도 에이코 씨와 마찬가지로, 도키코 언니는 그 사실이 모두에게 알려지길 원치 않을 거라고 생각했거든. 유서도 있고, 거기에 자기 손으로 이유를 분명히 밝히고 있는데, 다른 뭔가를 추가할 필요가 있었을까?"

츠카사의 힐문에 시즈코는 담담하게 대답했다.

"그럼 왜 시즈코 씨가 도키코 씨를 죽였느니 하는 소리를 한 거예요?"

에리코가 소박한 표정으로 물었다.

시즈코는 그 말에 당혹스러워하는 기색이 역력했다. 에리코는 동요했다.

"……그래, 도키코 언니에겐 그럴듯한 동기가 있었어. 하지만 그러니까 더 아니란 말이야."

"뭐라고요?"

모두가 시즈코의 말에 귀를 의심했다.

"나 그날, 이 집에 도착했을 때, 2층 창가에 서 있는 도키코 언니를 봤다고 말했지?"

"그래. 나도 봤어요."

에리코가 놀란 표정으로 대답한다. 시즈코는 작게 고개를 흔든다.

"그렇지 않아."

"뭐가요?"

츠카사가 기다리지 못하고 재촉했다.

"내가 본 건 도키코 언니가 아니었어."

"네?"

"내가 본 것은 다른 여자였어. 어떻게 아냐고? 그 여자는 오른손을 어깨까지 들어올리고 있었거든."

목요일 전날 밤 · 2

“잠깐……, 잠깐만.”

그때 얼굴색이 창백해진 것은 에리코였다.

“잠깐, 시즈코 씨가 집에 도착했을 때, 집 안에 있었던 건 나하고 에이코 씨뿐이었잖아요. 그럼 2층에 있었던 건 우리 둘 중 한 사람이란 말인데?”

“꼭 그렇지만은 않아.”

시즈코는 낮은 목소리로 대답했다.

“문제는 누군가가 거짓말을 하고 있다는 거야. 생각해봐, 그 날의 증언으로는 아무도 2층에 올라간 사람이 없는 것으로 되어 있으니까. 그리고 도키코 언니는 자기 허락 없이는 다른 사람을 침실에 들이지 않아. 거긴 그녀의 프라이빗 룸이었으니까. 나도 혼자 들어가본 적이 없어. 손님이 많은 날이면 에이코 씨는 항상 대량의 요리를 만들어. 음식물 쓰레기도 당연히 많아질 테고.

음식물쓰레기는 부엌문 뒤쪽에 놓아둔 양동이에다 버리는데, 그런 날만큼은 왔다 갔다 하는 수고를 덜기 위해 부엌문을 잠그지 않는다는 것은 다들 알고 있어. 현관이라면 쉽게 눈에 띄지만, 부엌문으로 들어와 슬그머니 2층으로 올라가는 건 그렇게 어려운 일이 아니야. 누구라도 노크를 해서 침실로 들어갈 수 있었을 거야. 그럼 왜 거짓말을 했을까? 생각할 수 있는 건 한 가지야, 독을 넣으러 갔다는 것."

침묵이 내려앉았다. 시즈코는 이야기를 계속했다.

"정말 오늘까지 몰랐어……. 오늘 문 앞에서 창을 올려다 보고 누군가가 있는 걸 본 순간 깨달은 거야. 그때 내가 본 건 도키코 언니가 아니었다는 걸. 나는 그때 얼굴을 본 게 아니었어. 경찰에게까지 도키코 언니는 여기까지밖에 팔이 올라가지 않는다고 대답해놓고, 왜 알아채지 못했을까. 그때 내가 알았더라면……. 금고 안에 있었던 독이었는지 밖에서 가져온 독이었는지 모르지만, 도키코 언니에게서 독의 종류를 알아낸 게 분명해. 그래서 혈압약과 비슷한 캡슐에 넣어서 약병 안에 넣어두었던 거야. 대단하지 않아? 언젠가는 먹게 될 테니까."

갈수록 괴로운 빛이 역력해지는 시즈코의 목소리를 덮치듯이 다급하게 에리코가 끼어들었다.

"그건 너무 비약이 심하지 않아요? 첫째, 시즈코 씨가 침실에 도키코 씨 외에 다른 사람이 있었다는 걸 알아챘다고 해도 그때는 독을 넣으리라고는 꿈에도 생각 못 했을 테니까, 결국 도키코 씨가 독을 먹는 것을 막을 수는 없었을 거 아니에요. 그리고 가령 누군가가 침실에 있었다는 사실을 말하지 않았다고 해도, 그 사람이 독을 넣었다고 단언할 순 없잖아요? 뭔가 비밀리에 도키코 씨에게 의논할 일이 있었을지도 모르잖아. 그리고 아무리 생각해봐도 그런 상황에서는 2층에 갔었다고 말 못 하지. 그런 말을 하면 자기가 용의자가 된다는 것쯤이야 뻔한 얘긴데. 특히 취조를 받은 시점에서는, 그러니까 이 메모를 만들었을 때에는 아직 자살인지 타살인지 결론이 나지 않았었으니까."

"그건 그래."

츠카사가 동의한다는 듯 고개를 끄덕이며 입을 열었다.

"난 역시 자살설에 한 표. 아이디어가 떠올랐다며 들떠 있긴 했지만, 다음 순간 그것을 글로 쓰기까지 까마득하게 시간이 걸릴 거라는 생각에 절망해서, 충동적으로……. 게다가 그때 객실에서는 자기만큼 재능도 없으면서 아직 시간만큼은 넘치게 가지고 있는 나 같은 작가 나부랭이가 희희낙락하고 있다, 그래서 갑자기 모든 것이 다 싫어졌다, 이해할 수 있을 것 같아……. 내가 아까 한 말 기억해요? 역시 그런 의미에서는, 우리가 여기 있었다는 사실만으로 도키코 씨의 죽음에 얼마간의 책임은 있다고 할 수 있지."

"저기, 또 다른 문제가 생각났어요."

에리코가 츠카사의 어깨를 잡으며 말했다.

"꽃이야, 저 꽃. 저건 대체 누가 보낸 거지?"

모두가 일제히 벽난로 위의 하얀 꽃을 돌아보았다.

다섯 명의 뇌리에 기분 나쁜 메시지가 되살아났다.

'여러분의 죄를 잊지 않기 위해, 오늘 이곳에 죽은 이를 위한 꽃을 바칩니다.'

에리코는 계속했다.

"저 꽃을 보내온 사람은 그 사건이 살인이라고 믿고 있는 거잖아. 게다가 꽃을 보낸 사람은 살인자는 아니야. 그렇다면 살인을 저지른 사람과 살인을 알고 있는 사람, 최소한 두 사람은 있다는 얘기가 돼. 그럼 그 사건은 살인 사건이었단 말인데. 그렇다면 이번에는 거짓말을 한 사람이 둘로 늘어난 거네. 살인이라는 사실을 알고 있는 건 두 사람이니까."

"머리가 혼란스러워."

에이코가 과장되게 머리를 흔들었다. 시즈코가 살짝 손을 들었다.

"난 일단, 저 꽃을 보낸 사람을 지금 문제 삼는 것은 반대야. 저것이 도키코 언니의 죽음과 직접 관계가 있는지 어떤지 아직 모르잖아? 도키코 언니의 광적인 팬이 망상에 사로잡혀서 협박하려고 보내왔을 가능성도 배제할 수 없고, 나 또한 아직 자살설을 완전히 버린 건 아니야. 그러니까 지금은 편의상 그 이야기는 미루는 게 어때?"

에리코는 아직 납득이 안 가는 모양이었다.

"음. 확실히 저 꽃이 끼어들면 이야기는 복잡해지겠죠. 예를 들어 공범이었다면 어때요? 공범이 있었다면 2층에 가서 독을 넣는 것은 훨씬 쉬워지고, 4년이나 지나서 저런 편지를 보냈다는 것도 이해가 가. 두 사람 사이에 있었던 암약이 4년 사이에 깨졌을지도 모르잖아. 잠깐, 역시 살인자와 목격자는 별개일지도……. 목격자가 살인자를 협박하고 있을 가능성도 있어."

"저기 에리코! 에리코는 도대체 어느 쪽이 맞다고 생각해?"

소곤소곤 중얼거리는 에리코에게 츠카사가 따지듯 물었다.

"모르겠어. 둘 다일 것도 같고, 둘 다 아닐 것도 같단 말이야. 어차피 나는 논픽션 작가잖아. 더 많은 사실을 확인해보지 않고는 뭐라 단정 지을 수가 없어."

"너무해~."

츠카사가 코맹맹이 소리를 냈다. 에리코는 가볍게 시즈코에게 손을 흔들었다.

"시즈코 씨 미안미안, 꽃 이야기는 이제 그만. 다음. 그러니까 시즈코 씨는 살인설을 주장하는 거죠? 누군가가 독을 넣었다!"

시즈코는 작게 고개를 끄덕였다.

"응. 그리고 무엇보다 그날 도키코 언니가 두 번이나 2층에 갔던 게 마음에 걸려. 그때 집필에 열중하고 있던 언니가 일을 중단하고 2층으로 올라간 건 왜일까?"

"약을 먹으러 간 것 아니었어? 그녀는 운동부족이라, 집 안을 조금이라도 돌아다니려고 했었어. 그래서 일부러 약도 2층에 갖다 놓았던 거고."

에이코가 대답했다.

“그럴 수도 있겠지만, 나는 누군가와 만날 약속을 했던 게 아닐까 싶어. 침실에서라면 아무 방해도 받지 않고 만날 수 있으니까.”

“누구랑?”

“그 상대가 범인이라고 생각해.”

시즈코가 낮은 목소리로 내뱉자, 모두 입을 다물었다. 거북스러운 순간.

범인. 도키코를 살해한 범인. 그것이 존재한다면, 자신들은 그와 함께 저녁을 먹고 있는 셈이 된다. 에이코가 벌떡 일어나서 창문의 커튼을 고쳐 여몄다. 히터가 방 안을 따뜻하게 덥혀주고 있음에도 불구하고, 겨울밤의 쌀쌀한 기운은 야금야금 그녀들을 포위하고 있다.

“말투로 봐서는 누가 범인인지 알고 있는 것 같은데요?”

츠카사가 물었다.

그 말에는 대답하지 않고, 시즈코는 자리에서 일어나 방 한쪽에 있는 장식장으로 다가가 유리로 된 문을 열었다.

도키코가 낸 지금까지의 책, 전설적인 데뷔작 『뱀과 무지개』를 비롯해, 유작이 된 『나비가 사는 집』까지 나란히 진열되어 있다. 시즈코는 『나비가 사는 집』을 꺼냈다.

“모두, 도키코 언니의 마지막 작품을 읽고 어떤 생각이 들었어?”

책을 들고 시즈코는 다시 테이블에 와 앉았다.

갑작스러운 화제의 전환에 모두들 당혹감을 감추지 못했다.

일부 광적인 팬을 가진, 심미파 소설을 쓰는 작가의 자살. 출판사도 그녀의 유작 판매에 열을 올렸고, 덕분에 『나비가 사는 집』은 꽤 많은 판매고를 올렸다고 한다. 하지만 그 작품성은 도키코의 오랜 독자가 보기에는 '범용'이라고밖에 말할 수 없었다.

참고로, 독신이었던 도키코의 유산은 그녀의 유언대로 에이코에게 그 운용이 맡겨졌다. 뭔가 '공적인' 일에 사용해달라는 도키코의 유지를 받들어, 에이코는 그녀의 전집을 낼 비용으로 사용하기로 하고 그 계획을 추진하고 있었다. 또 그녀의 유산은 우구이스 저택의 유지비며 그녀의 소유물을 보관하는 비용으로 그 일부를 사용하게 되어 있다.

지금도 이렇게 모두가 모여 우구이스 저택에서 에이코의 요리를 맛볼 수 있는 것은 그 덕분이다.

"딱히 감상이랄 건 없었는데. 긴박감이 느껴지는 이야기도 아니고."

츠카사가 냉정하게 내뱉는다. 그녀는 도키코의 독창성을 높이 평가하긴 하지만, 냉정한 독자이기도 했다. 그 어떤 작품이든 맹목적으로 숭배하는 에이코나 나오미와는 평가를 달리한다.

"음……. 내 인상은 '산만'이라고나 할까? 도키코 씨는 원래 교양이 있고 미적 감각도 뛰어나니까, 세부묘사가 아주 세밀하잖아? 그 점에 팬들은 열광하는 거겠지만, 이번 작품은 세밀하다기보다 그저 산만……."

에리코가 자신 없는 목소리로 말끝을 흐렸다. 에리코가 작가로서 도키코를 대하는 입장은 미묘하다. 도키코의 문장이나 스타일은 훌륭하고, 그래서 존경한다. 자기는 절대 따라갈 수 없을 거라 생각한다. 하지만 독자로서 완전하게 매료되지도 못한다. '훌륭하다'고는 생각하지만, 자기는 순수한 팬은 아니라고 에리코는 분석하고 있다. 시즈코도 그와 비슷하지 않을까, 하고 에리코는 은근히 생각하고 있다. 시즈코의 입을 통해 도키코의 소설에 대한 평가를 직접 들은 적이 없기 때문인지도 모른다. 에리코는 도키코와 혈연관계가 아니지만, 시즈코나 츠카사, 그리고 나오미는 어설피 피로 연결된 관계인 만큼 같은 글쟁이로서의 감정은 복잡할지 모른다.

"그게 어쨌다는 거예요?"

츠카사가 의아스럽다는 표정으로 물었다.

"내가 생각하고 있는 건 동기의 문제야."

시즈코가 책 페이지를 넘기면서 낮게 중얼거렸다.

"동기?"

모두가 앵무새처럼 그 말을 따라했다.

"그래. 누군가 죽었을 때, 그것이 살인이라고 의심받을 경우, 누가 이익을 보느냐가 문제 아니겠어? 도키코 언니의 경우, 유산이 누군가의 손에 들어가고 말고 하는 게 아니었으니까 금전적인 문제는 아니었을 거란 말이야. 그럼, 살인자의 동기는 무엇이었을까?"

여자들은 얼굴을 마주 보았다. 도키코가 죽음으로써 이익을 볼 사람. 그런 사람이 존재할까? 도키코를 존경하고 언제까지나 소설을 쓰기를 바라는 사람은 있어도, 그것을 저지하고 싶은 사람이?

"난, 이 『나비가 사는 집』은 도키코 언니가 아닌 다른 누군가가 쓴 거라고 봐."

돌연 시즈코는 이렇게 선언했다.

"뭐라고?"

"설마!"

부정하는 목소리가 터져 나왔다. 시즈코는 말을 이었다.

"도키코 언니의 열렬한 팬이자 도키코 언니의 터치를 잘 알고 있는 사람이야."

"우린 모두 그 조건에 해당되는데요?"

츠카사가 도전적인 말투로 말하고 살짝 웃었다.

"……저기, 도키코 언니가 가끔 '내 후계자' 운운했던 거 기억해?"

시즈코는 계속했다. 모두의 몸이 순간 경직되는 것이 느껴졌다.

에리코는 섬뜩해졌다. 시즈코는 정말 판도라의 상자를 열어 보일 생각인 것이다.

아마도 도키코는 농담 반 진담 반으로 한 이야기였을 것이다. 그거야 그녀는 우리들 중 어느 한 사람도 제대로 된 작가라고 인정하지 않았으니까. 에리코는 그렇게 마음속으로 자조했다. 하지만 그녀들은 진심으로 받아들였던 것이다. 적어도 츠카사와 나오미는.

도키코는 가끔 변덕을 부렸다.

언제였더라? 츠카사가 순수문학 계통의 신인상을 받았을 때의 일이다.

흠, 이렇게 내 피를 이을 후배들이 세상에 나와줘서 기뻐. 시게마츠 도키코가 죽은 후에도 누군가가 내 이름을 계승해줄까?

미국에서는 종종 그런 일이 있다. 여러 명의 작가가 인기 작가의 이름을 내걸고 소설을 쓰는 것이다. 일본에서도 만화가의 프로덕션이 대가가 죽은 후에도 같은 그림을 꾸준히 그리고 있다.

도키코의 그 변덕스러운 한마디에 츠카사와 나오미는 뜨겁게 반응했다. 두 사람 모두 도키코와는 혈연관계에 있고 작가로서 인정받기 시작한 시기였던 만큼, 어릴 때부터 팬이었던 도키코의 말은 매력적이었으리라.

두 사람의 작풍은 대조적이다. 츠카사는 치밀하고 날카로운 관찰이 특색으로, 냉철하고 모던한 문장이라고 평가 받고 있다. 전통 있는 문학잡지의 신인상을 수상한 『빨간 이, 하얀 혀』는 하루하루 그 누구하고도 말하지 않으며 묵묵하게 타인의 치아 모형을 만들고 있는 치과기공사의 일상을 그로테스크하게 묘사하여 호평을 받았다. 나오미는 전부터 순정소설을 쓰고 있었는데, 여성심리를 진솔하게 묘사한 서스펜스 소설을 몇 편인가 연이어 쓰면서 인기를 얻기 시작해, 지금은 주부층을 팬으로 가지고 있는 잘나가는 작가가 되었다. 드라마나 영화의 원작소설로도 인기가 높다.

말은 하지 않지만, 두 사람이 서로 라이벌 의식을 가질 수밖에 없는 것은 명백했다. 실제로 시게마츠 도키코의 이름을 걸고 소설을 쓰는 것은 불가능하다고 해도, 도키코의 후계자라고 그녀에게 직접 지명을 받는 것은 대단한 명예가 될 것이다. 앞으로의 문단에서의 지위에 영향을 미치지 말란 법도 없다.

하지만 결국 도키코의 유서에는 후계자 운운하는 말은 한 마디도 없었고, 역시 도키코의 변덕이었음이 증명된 것이나 마찬가지다. 그런데 새삼스럽게 이제 와서 시즈코가 이런 이야기를 꺼내는 이유는 무엇일까?

에리코는 시즈코의 침착한 표정을 훔쳐보았다.

"『나비가 사는 집』은 도중에 구상이 두 번 세 번 바뀌었다고 들었어. 그렇죠, 에이코 씨? 내용도 상당히 바뀐 거 아닌가요?"

시즈코가 물었다. 에이코가 고개를 끄덕였다.

"누군가에게 시험 삼아 다음 이야기를 써보게 한 것이 아닐까?"

"네?"

모두가 입을 떡 벌렸다.

"……어떻게 생각해, 나오미?"

갑자기 시즈코가 말없이 앉아 있는 나오미에게로 시선을 돌렸다. 깜짝 놀라는 나오미. 그녀는 힐끔 시즈코를 쳐다봤고, 순간

두 사람의 시선이 격렬하게 부딪쳤다.

다른 세 명은 어이없는 표정으로 두 사람을 보았다.

"나, 『나비가 사는 집』의 제2고를 에이코 씨가 보여줘서 읽었어. 결국 채택되지 못하고 버려진 제2고. 에이코 씨가 어떻게 생각하냐고 물어왔거든. 역시 에이코 씨의 눈은 속이지 못했어. 글씨는 도키코 언니의 글씨였지만 말이야. 그건 아무리 봐도 나오미의 소설이었어. 최종적으로는 도키코 언니가 직접 결정판을 쓰긴 했지만."

나오미는 미동도 하지 않고 앞만 바라보고 있다. 그 눈동자에는 특별히 어떤 빛도 어려 있지 않았다.

츠카사와 에리코는 동요하고 있었다. 생각지도 못한 사실에 어떻게 반응해야 좋을지 당황스러웠다.

"본인은 아무도 모를 거라고 생각하는 모양이지만……. 나오미는 이 집에 올 때마다 남몰래 뭔가를 찾고 있어. 안 그래? 전부터 알고 있었어. 이 집에 올 때마다 뭔가를 찾고 있다는 거. 대체 뭘 찾고 있는 거지? 도키코 언니가 뭐라고 했지? ……그날, 도키코 언니의 침실에 있었던 건 나오미, 너 아니었어?"

시즈코는 다그치듯 물었다.

나오미는 꼼짝도 하지 않았다. 항상 정숙한 그녀의 얼굴이, 오늘은 가면처럼 무표정하다.

모두가 지그시 그녀를 응시하고 있었다. 인형처럼 잘 가꿔진 나오미의 모습을.

마침내 나오미는 천천히 입술을 움직였다.

"네, 그래요. 그날, 내가 그 방에 있었어요."

목요일 전날 밤 · 3

나오미는 아주 침착한 표정으로 무릎 위에 손을 올려둔 채 말없이 앉아 있었다.

인형처럼, 이라고 츠카사는 생각했다. 항상 이 아이는 인형 같았어.

처음 만났을 때를 기억하고 있다. 아직 중학생이었는데, 그때의 첫인상도 같았다. 단정한 이목구비. 가냘프고 청순한, 소풍 때나 야외수업 때 외에는 바지를 입어본 적이 없는, 레이스와 리본이 잘 어울리는 여자아이. 예쁜 아이였지만, 옛날부터 표정이 빈약했다. 항상 누군가가 머리를 쓰다듬어주기를 기다리고 있다. 그렇다고 교태를 부리는 것도 아니고, 그것이 당연하다고 생각하는 여자아이. 그것이 나오미에 대한 츠카사의 인상이었다.

그래도 둘은 친해졌다. 자기들이 이복자매라는 이른바 긴장관계에 있다는 사실을 알고 있었지만, 시게마츠 가는 그런 일로 아옹다옹하는 집안은 아니었기에 둘이 친하게 지내도 주위 사람들은 당연하다는 얼굴로 바라볼 뿐이었다. 무엇보다 나오미는 책을 많이 읽었고 머리가 좋은 아이였기 때문에, 책에 대해 마음껏 이야기를 나눌 수 있는 것이 즐거웠다. 하지만 표정이 빈약한 나오미가 상당히 정서가 불안정한 아이라는 것을 깨닫기까지는 그리 많은 시간이 걸리지 않았다. 그녀는 예민한 감각을 가지고 있었고, 동시에 뭔가 무서울 정도로 위험하고 불안정한 것을 품고 있었다. 츠카사는 그것을 달래고 통제할 기술을 찾으려고 어린 나이에도 노력했고, 그것은 어느 정도 성공했다고 생각한다.

친해지고 얼마 후, 츠카사는 생각에 잠긴 눈을 한 나오미에게서, 자기가 소설을 쓰고 있는데 읽고 감상을 들려줄 수 없겠느냐는 말을 듣고 적이 놀랐다. 사실은 츠카사도 장래 소설가가 되고 싶다는 꿈을 가지고, 비밀리에 습작을 하고 있었던 것이다. 하지만 어째서인지 츠카사는 나오미에게 자기의 습작을 보여줄 마음이 들지 않았고, 지금도 그때 자기가 먼저 같은 부탁을 했더라면 아마 나오미도 자기의 습작을 보여주지 않았을 거라고 생각한다.

둘 다 알게 모르게 위대한 고모인 시게마츠 도키코의 영향을 받으며 자랐고, 각자가 동경을 품고 있었을 것이다.

당시의 두 소녀는 아직 도키코의 작품을 거의 읽지 않은 상태였지만, 고모가 자아내는 분위기나 세상의 평판을 몸으로 느끼고 있었는지도 모른다.

츠카사는 적잖이 가슴을 졸이면서 나오미의 소설을 읽었다. 자기가 쓴 것보다 뛰어나면 어떡하나 하는 라이벌 의식도 있었지만, 그보다 더 두려웠던 것은 대수롭지 않아 비판을 해야 하는 상황이 벌어지면 어떡하나 하는 것이었다. 나오미가 타인의 비판을 받아들이는 사람이 아니라는 것을 어렴풋이 느끼고 있었기 때문이다.

물론 나오미는 총명한 아이였기 때문에 자신을 향한 비판이나 충고가 옳은지 그른지를 객관적으로 판단할 수 있었고, 옳은 비판은 받아들이는 것이 더 득이 된다는 것도 알고는 있었지만, 감정이 그 이성을 따라가지 못했다.

그녀가 친척이나 엄마에게 꾸중을 듣는 것을 보고 있을 때면, 츠카사는 항상 가슴을 졸였다. 나오미는 말없이 꾸중을 듣고, 분명히 잘못을 시인하고 용서를 빈다. 하지만 그녀의 이성이 지시하는 것과 그녀 안에서 소용돌이치는 감정은 전혀 일치하지 않았던 것이다. 누구나 다소 그런 부분이 있긴 하지만, 나오미는 극단적이었다. 그녀 자신, 그 비뚤어짐을 스스로도 주체하지 못한다는 것을 옆에서 보기에도 훤히 알 수 있었다.

하지만 솔직히 나오미의 소설은 놀라웠다. 언뜻 보기에 독선적으로 보이는 나오미의 풍부한 내면에 놀랐다. 자기와 전혀 다른 타입의 소설이라는 사실에 안심한 것도 있지만, 관찰자로서 자신과 다른 점이 무엇보다 흥미로웠다.

츠카사는 어릴 때부터 자기 자신이 관찰자라는 사실을 자인하고 있었다. 하고 싶은 말은 서슴없이 하는데도 타인과 그다지 마찰을 일으키지 않았던 것은, 츠카사가 자기 자신 또한 타인과 평등하게 관찰하고 있다는 것이 주위 사람에게도 전해지기 때문이라는 것을 알고 있었다.

소설을 읽고, 츠카사는 나오미가 자기와 같은 관찰자라는 사실에 놀랐다. 그것도 꽤 예리하고 리얼한 눈을 가지고 있었다. 하지만 츠카사와 달랐던 것은, 그녀는 타인과 자기를 항상 대치 상태에 놓고 관찰했다는 것이다. 츠카사의 경우, '그녀는 사과를 좋아하고, 나는 포도를 좋아한다'지만, 나오미는 '그녀는 사과를 좋아하지만, 나는 사과가 아니라 포도를 좋아한다'이다. 츠카사는 나오미라는 사람을 조금은 이해할 수 있을 것 같았고, 실제로 그녀의 소설을 진심으로 칭찬할 수 있었다는 것이 여러 의미에서 기뻤다. 나오미는 안도의 빛이 역력한 표정으로 츠카사의 말에 미소를 지어 보였다. 그녀 또한 독자로서 츠카사의 능력을 믿었던 것이리라.

그 후에도 그녀는 꾸준히 소설을 썼고, 스무 살 무렵에 순정소설로 데뷔했다. 머잖아 인기작가가 되었고, 수십 권의 책을 출간했다. 그 시점에서도 아직 스물서너 살이었다.

그때부터가 나오미답다고 생각하지만, 경제적으로 성공했어도 그녀는 자신이 커리어우먼으로 혼자서 살아갈 타입은 아니라는 것을 잘 알고 있었다. 그녀는 머리를 쓰다듬어줄 누군가가 필요했던 것이다. 나오미는 일단 휴필선언을 하고, 선을 봐서 열 살 연상의 고급관료와 결혼을 했다. 집안도 그럭저럭 괜찮고 미션계의 이름 있는 여대를 나와 재능도 있는 인형처럼 아름다운 여자. 이런 나오미의 캐릭터가 그런 상대에게 이상적이었으리라는 것은 그리 상상하기 어려운 일이 아니다.

나오미는 1남 1녀를 두었고, 아이들이 어느 정도 크자 다시 소설을 쓰기 시작했다. 이번에는 성인 여성을 주인공으로 하여 한 단계 업그레이드한, 관찰력을 한껏 구사한 심리소설이었다. 그것이 호평을 받아 '아내이면서 엄마인 작가, 게다가 미인, 덤으로 시게마츠 도키코의 조카'라는 요소가 매스컴에도 먹혔는지 여성지에서 서로 데려가려고 눈에 불을 켰다.

모두가 부러워할 지위를 얻었음에도, 츠카사는 요즘 들어 소녀 시절 못지않은 나오미의 울적함을 강하게 느끼고 있었다. 그 원인이 무엇인지는 잘 모른다. 하지만 최근에 발표된 그녀의 소설이나 매년 얼굴을 마주 보는 이 모임에서(지금은 이 모임이 그녀와의 유일한 접점이었다) 그녀의 표정을 보고 있으면, 그녀의 비뚤어짐이 갈수록 커지고 있다는 것을 느꼈던 것이다.

츠카사가 전통 있는 문학잡지의 신인상을 받았을 때 나오미의 그 눈빛은 지금도 잊히지 않는다. 한마디로 말해 '배신자'를 보는 눈이었다. 츠카사는 왠지 횡설수설 변명을 했다.

그게, 나오미를 보니까 너무 부러웠거든. 매일 단순하기 짝이

없는 일을 하는 게 지겹기도 하고, 나도 기분전환 삼아 써볼까 해서…….

중학생 때부터 습작을 써왔고, 대학생 때부터 투고를 해왔다고는 도저히 말할 수 없었다. 하지만 나오미는 아무래도 츠카사의 그 말을 믿지 않았던 것 같다.

밖에는 비. 오래된 양옥집의 아담한 객실은 흡사 법정을 방불케 했다.

바로 조금 전까지는 파랗게 질려 있던 시즈코가 스포트라이트를 받고 있었는데, 지금 스포트라이트를 받고 있는 것은 그때까지 말이 없던 나오미다.

"……설명해줄래?"

정면에서 나오미를 똑바로 바라보며 시즈코가 단호하게 물었다.

나오미는 힐끔 시즈코를 보았다. 한 치의 양보도 없는 완고한 시선에 시즈코는 내심 섬뜩함을 느꼈지만, 여기서 눈을 피한다면 나오미에게서 어떤 말도 끌어낼 수 없으리라는 것을 너무 잘 알고 있었다.

정말 만만치 않은 아가씨로군.

시즈코는 속으로 혀를 찼다. 사실 생전에 도키코와 나오미 사이에 뭔가 밀약 같은 거래가 있었던 게 아닐까, 시즈코는 진작부터 에이코와 함께 의심을 해왔다. 도키코가 죽은 이후로 나오미가 우구이스 저택에 올 때마다 보이는 수상한 행동을 알아챈 시즈코는, 에이코와 둘이서 그녀가 그 이유를 고백하기를 기다리고 있었다. 대놓고 물어보았을 때, 나오미가 쉽게 입을 열리라고는 생각할 수 없었기 때문이다.

이번 우구이스 저택에 도착한 순간, 자기의 실수를 깨달은 것이 이런 식으로 도움이 될 줄이야!

시즈코는 시선을 피하지 않고 나오미의 대답을 기다렸다.

다른 여자들은 침묵한 채 나오미를 응시하고 있었다.

나오미는 이윽고 작게 한숨을 쉬고는 갈라진 목소리로 중얼거렸다.

"……편지를 찾고 있었어요."

"편지?"

시즈코가 되물었다.

나오미는 잠시 주저하는 듯하더니, 도망치지도 숨지도 않겠다는 듯이 작게 손을 벌려 보이고는 힘없이 말을 이었다.

"나를 후계자로 지명한다는, 도키코 씨의 사인이 들어간 편지요. 내 앞으로 보낸."

"그런 편지를 도키코가?"

놀라 소리친 것은 에이코였다. 무리도 아니다. 도키코와 공적으로 사적으로 30년 넘게 함께해왔던 에이코의 귀에 그런 중요한 사안이 들어오지 않았다는 것은, 그녀에게도 충격임이 틀림없다. 에이코는 믿을 수 없다는 표정으로 시즈코를 보았다. 시즈코는 당혹스러운 얼굴로 에이코를 마주 보았다.

여자들 사이에도 당황한 듯한 시선이 바쁘게 오갔다.

에리코는 엉겁결에 츠카사의 얼굴을 보았다. 마찬가지로 '시게마츠 도키코의 후계자'를 꿈꿔왔던 츠카사가 충격을 받은 것은 아닐까 생각했기 때문이다. 무의식적으로 츠카사를 본 순간, 나오미도 슬쩍 츠카사의 표정을 관찰하고 있다는 것을 발견했다. 아주 짧은 순간이었지만 나오미가 우쭐해하는 눈빛을 본 것 같아, 썩 기분이 좋지는 않았다.

츠카사에게는 그럴 마음이 없는데, 나오미가 일방적으로 츠카사에게 라이벌 의식을 강하게 불태우고 있다는 것은 예전부터 알고 있었다. 나오미가 지명도도 경제력도 몇 배 더 앞서 있지만, 그녀보다 훨씬 뒤늦게 데뷔한 츠카사가 옛날부터 문단에서 인정받고 있는 잡지의 신인상이라는, 이른바 '정통적인 루트'를 통해 스타트를 끊었다는 사실에 심기가 불편해졌던 것은 아닐까? 게다가 도키코가 자기의 후계자 운운하는 이야기를 꺼낸 것은, 츠카사의 신인상 수상을 축하해주기 위한 모임에서였다. 도키코와 혈연관계에 있는 조카라는 점에서는 나오미도 마찬가지다. 그래서 더 그녀가 적개심을 가지고 있었는지도 모른다.

그런데 츠카사가 보인 표정은 한 마디로 말하면 '안도'였다. 나오미의 입으로 분명하게 밝혀진 사실로 인해, 후계자 싸움에서 벗어날 수 있게 되었다는 조심스러운 안도를 에리코는 읽을 수 있었다. 물론 그녀 또한 시게마츠 도키코의 후계자로 지명되는 것은 고마운 일이고, '어쩌면' 하는 기대가 마음 한구석에 있었던 것도 사실일 것이다. 하지만 그보다도 츠카사에게는 나오미와 후계자 자리를 놓고 다투는 구도가 되는 것이 훨씬 큰 정신적 부담이었으리라는 것은 짐작하고도 남는다.

츠카사는 얼핏 넉살 좋은 성격에 하고 싶은 말은 다 하는 것처럼 보이지만, 타인과의 마찰이나 거래 같은 것에 무엇보다 서툰 사람이다. 그 증거로, 그녀의 독설이나 공격은 주위 사람들 사이에 긴장관계가 발생했을 때 잘 나타난다. 긴장된 공기나 불안한 분위기를 견디지 못하는 것이다. 츠카사가 지금 얼마나 안심하고 있을까 상상하니, 조금 이상한 기분이 들었다. 하지만 승리에 도취해 있는 나오미 앞에서 공공연하게 안도의 표정을 드러낼 수도 없고, 조금은 낙담한 척해야 한다는 생각에 애써 이상야릇한 표정을 짓고 있는 것을 보자, 에리코는 저도 모르게 쓴웃음이 흘러나올 것 같았다.

"에이코 씨에겐 비밀이라고 했어요."

나오미는 무표정한 눈빛으로 힐끔 에이코를 보았다. 에이코는 낙심한 기색을 감출 길이 없었지만, 나오미의 시선에 짐짓 화난 표정을 지었다.

"전부터 여러모로 타진해왔었어요……. 도키코 씨는 한때 몸이 많이 안 좋았어요. 그래서 불안해졌던 거겠죠. '나는 언제 쓰러져도 이상할 게 없지만, 아직 쓰고 싶은 게 많아. 그러니까 지금부터라도 시게마츠 도키코의 테크닉을 누군가에게 전수하고 싶어. 그래서 내가 죽은 후에도 나의 죽음은 세상에 숨긴 채 내 이름으로 계속 작품을 내게 하고 싶어. 에이코 씨에게는 내가 말해둘 것이고, 유서에도 그렇게 쓸 거야.' 그런 계획이었어요. 『나비가 사는 집』은 첫 습작이었어요. 긴장도 되고, 도키코 씨의 문체를 흉내 내려고 너무 애쓴 덕분에 엉망이 되고 말았지만. 내 원고를 에이코 씨에게 보였을 때 들키지 않도록 하는 것이 당면 과제였어요. 그게 그렇게 빨리 끝나버릴 줄은…….”

나오미는 담담하게 말했다.

“그럼, 그날은 왜 그 방에 있었지?”

시즈코가 냉정한 말투로 물었다. 나오미는 침착한 눈으로 시즈코를 보았다.

“그날은 도키코 씨가 불러서 갔어요. 그 이야기는 물론 비밀리에 추진되고 있었기 때문에, 둘만 있는 모습을 들키면 안 되었어요. 특히 에이코 씨에게는 이 계획이 어느 정도 진행될 때까지 밝히고 싶지 않다고 했고. 도키코 씨는 우구이스 저택의 뒷문으로 들어오라고 지시까지 했어요. 그날은 앞으로의 일에 대해 의논을 하고 싶다고.”

나오미는 일단 말을 멈추더니, 와인으로 목을 축였다.

“‘요즘 들어 상황이 안 좋아.’ 도키코 씨는 그렇게 말했어요. ‘그러니 후계자에 대한 유언은 네 앞으로 써서 금고에는 안 넣고 이 집 어딘가에 숨겨둘게’라고. 도키코 씨는 왠지 서두르고 있었어요. 이야기는 기껏해야 5분 정도 했을 거예요. 그뿐이에요. 난, 도키코 씨가 이 집에 숨겨두었을 내 앞으로 쓴 편지를 찾고 있었을 뿐."

나오미는 더 이상 할 말이 없다는 얼굴로 잔을 비웠다.

뭐라 형용할 수 없는 어색한 공기가 테이블 위를 떠다니고 있었다.

모두 누군가가 도화선에 불을 붙여주기를 기다리고 있었다. 낙담한 척하고 있던 츠카사도 뭔가 할 말이 있는 것 같으면서도, 화제가 화제인지라 말을 꺼내기 어려웠는지 애먼 와인만 홀짝이고 있다.

자기가 묻는 수밖에 없다고 생각한 에리코가 결연하게 나섰다.

"……여러 가지 이상한 점이 많네, 지금 이야기."

에리코가 말을 꺼내자, 다른 세 사람이 다행이라는 듯한 표정을 지었다.

"먼저 간단한 것부터 보면, 왜 일부러 나오미 앞으로 쓴 유언을 숨겨야 했을까? 변호사에게 맡기거나, 금고에 넣어두거나 했으면 되잖아. 그날 한 이야기도 일부러 자기를 불러서 할 이유가 없잖아, 전화나 편지로 할 수도 있는 이야기였는데. 그편이 훨씬 우리에게 들킬 염려가 없었을 텐데 말이야."

나오미는 주저했다. 역시 지당한 질문이다. 에리코는 계속했다.

"그 외에도 여러 가지가 있지만, 가장 이해가 안 가는 건 왜 도키코 씨가 그렇게까지 해서 후계자를 만들고 싶어했을까 하는 거야. 생각해봐, 솔직히 말해서, 예를 들면 말이야. 나오미, 자기가 쓸 수 없게 됐다고 해서 다른 누군가에게 자기 이름으로 소설을 쓰게 하고 싶어? 나라면 그렇게 못 할 것 같아. 분명 도키코 씨의 소설은 훌륭해. 우아하고 깊은 교양이 있고 화려한 멋이 있고. 나 역시도 동경해. 그런 현학적이고 품위 있는 소설을 쓸 수만 있다면 쓰고 싶어. 하지만 그건 어차피 도키코 씨 거잖아? 물론 나오미가 도키코 씨의 소설에 홀딱 반해 있는 건 알지만, 그렇다고 지금도 꽤 성공한 작가인 자기가 자기 이름을 버리고 도키코 씨의 이름으로 소설을 쓸 필요가 어디 있어? 수업이라고 하기에는 너무 이상한 거 아냐? 예컨대 인세는 어떻게 돼? 누가 받게 되지? 권리는 누가 갖는 거야? 이상하잖아. 무엇보다 나오미는 자기 소설에 대한 자부심 하면 도키코 씨 못지않게 강한 사람이라고 생각했는데? 나도 작가 나부랭이지만, 아무리 부족하고 재미없더라도 내 문장은 역시 사랑해. 난, 애당초 그런 이야기를 꺼낸 도키코 씨의 속셈을 모르겠어. 다른 사람은 어떨지 모르지만, 도키코 씨는 독창성도 테크닉도 탁월했고, 우리들 글 같은 건 장난 정도로밖에 생각하지 않은 것처럼 보였어. 안 그래?"

이 공격법은 틀리지 않았다고 에리코는 잽싸게 속으로 계산하고 있었다. 나오미는 글을 쓴다는 것에 대해서는 매우 진지한 여자다. 도키코와 나눈 약속의 내용을 캐묻는 것보다는 글쟁이의 자존심을 건드리는 쪽이 입을 열게 하기에는 빠를 것이다.

나오미는 조금 괴로운 표정을 지었다. 에리코의 예상은 적중

한 듯 보였다.

"……그래요. 도키코 씨는 애당초 후계자 같은 걸 만들 생각이 눈곱만큼도 없었어요."

나오미는 고통스럽게 토해냈다.

"나도 에리코와 같은 감상을 가지고 있었어. 도키코 씨가 보기에 내 소설 같은 건 '한가한 여자의 시간 죽이기 작문'쯤에 지나지 않았어. 실제로 그와 비슷한 이야기를 『나비가 사는 집』을 쓰고 있을 때 여러 차례 듣기도 했고. 그래도 나는 그녀의 제안을 받아들였어. 도키코 씨의 소설을 사랑했으니까."

나오미의 목소리에 서서히 감정이 묻어나기 시작했다. 그녀 안의 뭔가가 무너진 것 같았다.

나오미는 무엇에 화를 내고 있는 것일까?

네 여자는 의아한 듯 얼굴을 마주 보았다.

"시즈코 씨에게 묻고 싶은 게 있는데……."

나오미는 날카롭게 시즈코의 얼굴을 보았다. 시즈코는 움찔 놀란 시선으로 나오미의 얼굴을 보았다. 나오미의 눈에는 좀 전의 완고한 모습은 오간 데 없이 의연한 표정이 감돌고 있었다.

"『나비가 사는 집』 이전의, 만년의 도키코 씨가 쓴 소설을 어떻게 생각해요? 아까 한 질문의 반복 같지만."

시즈코는 잠깐 생각에 잠겼지만 이윽고 명쾌하게 대답했다.

"전성기는 지나 있었어."

나오미는 씁쓸하게 웃었다.

"멋진 표현이네요. 시즈코 씨는 상냥한 사람이니까. 내가 생각하기에는 전혀 아니었어요. 인물에 매력이라곤 전혀 없고, 아무리 화려한 말을 사용해도 한 치의 흐트러짐도 없이 세부적인 부분까지 깔끔하게 다듬어진 것이 도키코 씨의 문장이었는데, 최근 몇 년간은 파탄 그 자체였어요. 그저 산만하고 어지러울 뿐. 시게마츠 도키코다운 부분이 그림자를 감추고 말았어요. '왜 그럴까, 건강이 안 좋은가?' 하는 것이 내 느낌이었어요. 실제로 조금씩 건강도 안 좋아지고 있었지만, 그것뿐만이 아니었죠. 도키코 씨가 나에게 그런 제안을 해온 것도, 내가 도키코 씨의 작품이 변한 이유를 도키코 씨에게 물었기 때문이라고 생각해요."

나오미의 빈 잔에 츠카사가 와인을 따랐다. 나오미는 까딱 고개를 끄덕여 보였다.

조금 마시고 난 후 나오미는 다시 이야기를 계속했다.

"이 집을 보면 난 항상 새장이 떠올라요. 작은 감옥 같다고."

나오미의 수다스러움이 츠카사는 신기하다 못해 두렵기까지 했다. 하지만 여기서 모두 털어놓는 것이 그녀를 위해서도 좋을 거라고 생각을 바꿔먹었다.

"그건 어디까지나 내 생각에 불과한 것이겠지만……. 그래도 나한텐 이 우구이스 저택이 도키코 씨를 가둬두고 있는 감옥으로밖에 안 보였어요."

"가둬두고 있어? 누가?"

시즈코가 놀란 표정으로 물었다. 나오미는 불쑥 고개를 들었다.

"그거야 시즈코 씨도 어렴풋이 알고 있는 것 아닌가요? 이런 말을 하고 싶진 않았는데 어쩔 수 없네요. 당신이에요, 에이코 씨!"

목요일 전날 밤 · 4

사설법정인 줄 알았더니, 순서대로 돌아가며 주역이 바뀌는 연극이었던 모양이다.

이대로 가다간 나한테 마이크가 넘어오는 것도 시간 문제겠는걸.

츠카사는 질린 기분으로 생각했다. 다음은 내가 범인 역이 될 게 분명해.

오늘은 처음부터 줄곧 숨 막히는 장면들만 계속되고 있다. '다들 용케도 참 많은 것들을 품고 있었구나!'라고 감탄하면서도, 모두 지금까지 자신의 일부밖에 보여주지 않았다는 것을 알게 된 것 같아 씁쓸했다.

안 그래도 고집스러운 여자들이다. 갈 데까지 가는 수밖에 없을 것이다.

츠카사는 남아 있던 요리를 슬쩍 입에 넣었다.

"……대체 무슨 말이 하고 싶은 거야? 상상력 풍부한 아가씨."

에이코는 경멸의 빛을 담아 나오미의 얼굴을 응시했다.

잠시 보였던 상처 입은 표정은 어디로 갔는지, 에이코는 자세를 고쳐 앉았다. 오히려 조용한 분노를 온몸으로 발산하고 있다. 평소에 함께 식사를 하는 정도라면 그저 온화한 아주머니지만, 이렇게 보니 괜히 중견 출판사의 문예부장이라는 직함을 가지고 있는 게 아니라는 관록과 박력이 느껴진다. 에이코는 완전히 신인이었던 도키코를 발굴해서 키워냈다는 자부심을 가지고 있었고, 공사 불문하고 도키코를 돌봐온 것은 누가 봐도 분명한 사실이었다. 나오미의 발언이 그녀의 억지라고 해도 과언은 아닐 터였다.

"가두었다는 말이 좀 심하긴 하지만, 결과적으로는 역시 그랬다고 생각해요. 알다시피 결과적으로 도키코 씨는 혼자서는 아무것도 할 수 없는 사람이 되어버렸잖아요. 일도, 생활도. 식사 준비나 재산관리조차도 에이코 씨에게 다 맡겨두고, 자기는 냉장고에 뭐가 들었는지도 모르고 살았잖아요. 도키코 씨는 모든 것을 에이코 씨에게 장악당해서 편지도 마음 놓고 보내지 못했어요. 감시받고 있었던 거예요. 나한테 보낼 편지를 숨긴 것도 같이 살고 있는 당신에게 들키지 않게 하기 위해서였어요. 도키코 씨의 소설은 다작이 가능한 타입이 아니었어요. 1년이나 2년에 한 권 정도. 그렇지 않으면 그 정도 레벨의 소설은 도저히 유지할 수가 없죠. 게다가 도키코 씨와 출판계를 잇는 창구는 에이코 씨뿐. 당신이 틈을 안 주고 모든 것을 관리하고 있었기 때문에, 다른 출판사에서 도키코 씨에게 의뢰가 들어오는 일은 거의 없었다고 들었어요. 하지만 도키코 씨는 건강이 나빠지고 어깨 통증까지 겹쳐서, 갈수록 페이스는 떨어졌죠. 내 생각에는, 오히려 에이코 씨가 도키코 씨의 열렬한 팬이었던 것이 불행이 아니었을까 싶어요. 아무도 몰랐고, 도키코 씨도 어떻게 해볼 수 없었을 테지요. 당신이 도키코 씨의 원고에 자기의 문장을 속속 써 넣었다고 해도. 도키코 씨의 원고를 본 사람은 당신뿐이니까. 결정고에 OK 사인을 내주고 인쇄소에 맡기는 것도 당신 일. 얼마나 도키코 씨의 아이디어를 수정하고 가필을 했는지 아무도 모르겠죠."

또다시 여자들은 술렁거리기 시작했다. 에이코만이 무서운 눈으로 가만히 나오미를 쳐다보고 있었다. 나오미는 계속했다.

"당신은 문장의 프로인 데다 도키코 씨 문장의 특징도 너무나 잘 알고 있어요. 도키코 씨와 같은 문장을 쓰는 것은 식은 죽 먹기라고 생각했던 거 아닌가요? 도키코 씨의 독실한 팬을 자처하고 있으니, 나라면 쓸 수 있다, 하고요. 당신도 사실은 자기 소설을 쓰고 싶었던 건지도 모르죠. 그렇게 당신이 도키코 씨의 글에 가필하는 분량은 갈수록 많아졌던 거고."

나오미는 완전히 냉정을 되찾고 있었다. 아니, 오히려 편안해 보이기까지 했다.

"도키코 씨는 자기가 쓰지도 않았는데 자기 이름을 내건 소설이 출판되는 걸 어찌해볼 수 없었어요. 그것을 막을 방법을 몰랐던 거예요. 자기의 생활 전반을 관리해주고 있는걸요. 그럴 거면 차라리, 어차피 자기가 쓰지 못할 거라면, 아직 미숙하긴 하지만 자기가 처음부터 가르칠 수 있는 조카에게 쓰게 하자고 결심한 것도 이상할 게 없죠. 안 그런가요? 나라도, 사실은 내가 쓰고 싶은데 쓸 수 없는 상황에 놓여 있다면, 멋대로 바뀌게 방치하기보다는 자기가 믿을 수 있는 프로 작가에게 지시해서 쓰게 하는 게 나을 거라고 생각해요. 그렇게 함으로써 에이코 씨에 대한 항의 표시도 되고, 두 사람의 닫힌 관계에 나라는 공적인 존재를 끌어들일 수도 있죠."

나오미는 자신감 넘치는 눈으로 에이코를 보며 말을 이었다.

"이것이 후계자 선정의 진상이에요. 나는 어떻게든 도키코 씨의 편지를 찾고 싶었어요. 내 존재를 밝힘으로써 도키코 씨 소설의 명예를 지켜주고 싶었으니까. 지금 생각하면 우리들 앞에서 후계자 운운하는 이야기를 한 것 자체가 에이코 씨에 대한 도키코 씨의 최대한의 저항이었는지도 모른다고 생각했어요. 아무리 읽는 것을 잘하는 사람이라 해도 다 잘 쓸 수 있는 건 아니에요. 만년에 쓴 도키코 씨의 소설은, 평론 같은 문장이었어요……."

"아무리 읽는 것을 잘하는 사람이라 해도 라는 표현, 혹시 도키코가 한 말이야?"

에이코가 조용한 목소리로 물었다. 나오미는 멍한 표정으로 에이코를 보더니, 작게 고개를 끄덕였다.

"……그래요."

에이코는 갑자기 표정이 어두워지더니 피곤한 듯 한숨을 쉬었다. 나오미는 의외라는 표정을 지었다. 철저하게 에이코를 패배시켰다고 확신하고 있었는데, 에이코에게 패배자의 표정은 없었다. 오히려 침울한 듯 어두워질 뿐이었다.

"대단한 망상이군. 역시 소설가야."

에이코는 힘없이 중얼거렸다. 나오미의 얼굴색이 변했다. 반론하려고 입을 열려는 나오미를 에이코는 살짝 손을 들어 제지했다.

"나오미의 망상을 말하는 게 아니야. 도키코 말이지."

모두의 입에서 '네?' 하는 작은 외침 소리가 터져 나왔다.

"도키코 씨가 거짓말을 했단 말인가요?"

나오미가 힐책하듯 무섭게 물었다. 에이코는 나오미의 얼굴을 지그시 바라보았다.

"그렇다고 말해도 어차피 자긴 믿지 않겠지? 그렇게 따지면 나오미의 이야기도 근거라곤 하나도 없어. 어쩌면 자기의 망상일지도 모르지."

에이코가 침착한 어조로 대답하자, 나오미가 발끈해하는 것이 느껴졌다.

에이코는 모두를 둘러보았다.

"안 그래? 도키코의 유언이란 것도 금고 안에 있었던 것이 전부야. 또 하나의 유서가 존재한다는 증거는 어디에도 없잖아?

나오미가 남몰래 지금까지 찾고 있었다는 것이 증거라고 할지도 모르지만, 그녀가 도키코의 편지를 찾고 있었다는 증거도 없어. 그냥 연극이었을지도 모르고, 선조 대대로 내려오는 보석이라도 찾고 있었을지 모르지. 물론 내가 한 말도 거짓일지 몰라. 더 이상 도키코는 이 세상 사람이 아니니까. 고인을 모욕할 생각은 추호도 없어. 나오미가 말한 대로 나는 최고의 도키코 팬을 자처하고 있으니까. ……그래, 확실히 최근 몇 년 동안, 그녀의 원고에 손을 대긴 했어. 그렇게 하지 않으면 지금 남아 있는 것보다 훨씬 비참한 작품을, 도키코의 다음 작품을 기대하고 있는 독자에게 제공하게 됐을 테니까. 그건 내가 도저히 용납할 수 없었어. 도키코는 더 이상 글을 쓸 수 없었어. 쓰고 싶었지만 쓰지 못했어. 독자의 기대에 부담을 느끼고 있었고, 자기의 작품에 대한 이상은 높아만 갔어. 그 무렵 도키코는 내가 고친 문장을 형편없다고 욕했었지. 왜 좀 더 멋지게 못 고치느냐, 당신이 내 작품을 더 엉망으로 만들고 있다, 자기가 소설을 쓰고 싶으니까 내 이름을 이용해서 자기 소설을 쓰고 있는 것 아니냐면서 마구 화를 냈지. 완전히 내가 자기 작품을 왜곡하고 있다고 믿고 있는 것 같았어. 그렇게라도 해서 자기 작품에 대한 자존심을 지키려고 했던 거지. 그리고 그런 믿음을 확고한 것으로 만들기 위해 나오미를 끌어들인 거야. 그럼 자기 작품의 명예를 지킬 수 있을 테니까. 사실은 더 훌륭한 작품인데 부당하게 고쳐졌다고 자위함으로써 자신을 지킬 수 있었을 테니까."

에이코는 휴우, 하고 긴 한숨을 쉬었다. 그리고는 다시 한 번 모두의 얼굴을 돌아보았다.

"자 여러분, 어느 쪽 이야기를 믿겠어?"

여자들은 얼굴을 마주 보았다. 나오미는 창백해진 얼굴로 테이블 위를 응시하고 있었다.

에이코는 테이블 위에서 손가락을 깍지 끼고, 그 손가락을 보며 중얼거렸다.

"……정말이지 당신들은, 혼자 태어나 혼자 자란 사람 같은 얼굴을 하고 있는 고등학생 같다는 생각을 한 적이 있어. 나는 분명 글을 쓸 수 없어. 당신들의 작품이 있기에 비로소 내 일은 성립이 되지. 하지만 그 반대도 가능해. 발견되고, 시장에 선을 보임으로써 비로소 당신들의 존재는 빛을 받게 되는 거야. 나는 작품을 볼 줄 알아. 수많은 소설을 읽고, 그중에서 가능성이 있는 것을 발굴해내 돈이 되게 할 수 있지. 그것을 통해 나는 내 생활을 꾸려왔고, 그 일에 가없는 기쁨을 느껴왔어. 당신들이 아무리 멋진 작품을 만들어낸다고 해도, 그걸 발굴하고 읽어주는 사람이 없다면 결코 소설로 완성될 수 없어. 그걸 잊지 않았으면 해."

여자들은 모두 낯 뜨거운 듯 얼굴을 붉혔다. 에이코는 소리 나게 의자를 뒤로 뺐다.

"그럼, 밤도 깊었고 나는 먼저 쉬어야겠어. 하고 싶은 말은 다 했으니까. 이제부터 다 같이 뜻을 모아서, 도키코를 죽인 진범은 대필한 걸 들킬 위기에 몰린 나였다고 결론을 내려도 좋아.

안주가 부족하면 냄비에 포토푀가 있으니까 데워서 먹어요."

에이코는 천천히 자리에서 일어섰다.

"하지만 내 가설은 달라지지 않아. 도키코의 죽음, 그건 자살이야. 도키코의 마지막 자존심이었어. 그녀가 자기와 독자에 대해 아직 자존심을 가지고 있었다는 것을, 나는 지금도 기쁘게 생각해."

에이코는 그렇게 말하고 유유히 객실에서 나갔다.

목요일 전날 밤 · 5

에이코가 앉아 있던 자리가 비자, 빗소리가 후드득후드득 더 크게 들려왔다.

뒤끝이 개운치 못한 침묵이 내려앉은 채였다.

누구랄 것도 없이 큰 한숨 소리가 새어나왔다.

"에이코 씨, 진짜 화난 것 같지, 아마?"

츠카사가 머리를 긁적이며 중얼거렸다.

"설마. 그냥 좀 발끈했을 뿐일 거야. 에이코 씨는 당신들이 생각하는 것보다 훨씬 그릇이 큰 사람이야."

시즈코가 담배에 불을 붙이면서 낮은 목소리로 대답했다.

"오늘 같은 날은."

에리코가 턱을 괴며 말했다.

"……글쟁이라는 직업이 정말 싫어진다!"

"하지만 내일이 되면 다시 쓰겠지?"

시즈코가 담배 연기를 내뿜으며 메마른 목소리로 말을 이었다.

"그렇겠죠, 아마도."

에리코가 대답했다. 츠카사가 자리에서 일어나 커튼을 매만지는가 싶더니, 모두를 돌아보았다.

"난 진으로 마실래. 에리코는? 간 김에 포토푀도 데워올까? 갑자기 맥이 풀리니까 또 배가 고프네."

"난 맥주."

"참 잘도 마신다, 이렇게 추운데. 시즈코 씨랑 나오미는?"

"레드로 한 병 더. 지금까지 마신 건 왠지 맛을 통 모르겠어. 근데 대체 결론은 어떻게 된 거야, 오늘 이야기는?"

시즈코가 피곤한 듯 혼잣말처럼 중얼거렸다. 나오미는 고개를 숙인 채 말이 없었다.

"……아무 진전도 없었어요. 한 바퀴 빙 돌아서, 다시 자살이었다로 끝난 것 같은데?"

츠카사가 냄비를 불에 올려두고, 진과 와인과 맥주를 한꺼번에 안고 부엌에서 돌아와 대답했다.

"결국 시즈코 씨가 본 건 나오미였다, 그런 이야기 같네."

에리코가 캔 맥주를 따면서 중얼거렸다.

"그것뿐인가."

시즈코는 이미 몇 병째인지 모를 와인의 코르크를 따는 데 전념했다.

"시게마츠 도키코 살인 사건은 존재하지 않았다! 하지만 아직 수수께끼는 몇 가지 남아 있지? 저 꽃다발도 그렇고."

에리코가 집게손가락을 세운 채 맥주를 마셨다.

"아아, 그렇지! 저 꽃다발이 있었지."

시즈코가 천장을 올려다보며 고개를 끄덕였다. 에리코가 그 뒤를 이었다.

"하지만 결국 어떤 팬이 한 장난이란 생각이 드네요. 너무 타이밍이 절묘하게 배달된 거라, 사건하고 무슨 관계가 있는 건 아닐까 순간 의심했는데."

"그건 아니라고 봐. 저 꽃다발을 보낸 사람은 이 집에 저 꽃병이 있다는 걸 알고 있는 사람이야. 그런 사람이 과연 몇이나 되겠어? 난 봤어. 저 백합은 처음부터 저 꽃병에 맞는 길이로 잘려 있었다고."

츠카사가 예리하게 부정했다.

"어머, 그랬어?"

시즈코와 에리코는 저도 모르게 벽난로 위의 꽃을 돌아보았다.

"음, 그런 줄은 몰랐네."

"그럼 역시 수수께끼는 원점으로 돌아가는 거네!"

냄비가 끓는 소리가 나서 츠카사는 서둘러 부엌으로 달려갔다. 이윽고 깊이가 있는 큼직한 도자기 접시에 먹음직스럽게 잘 익은 따끈따끈한 고기와 야채를 수북이 담아 나타나자 모두 환성을 질렀다.

"맛있겠다! 역시 에이코 씨야."

식욕을 돋우는 냄새에, 깊은 밤의 공복을 자극당한 여자들은 냉큼 접시로 달려들었다.

"나오미도 먹어. 그렇게 기운 없이 있지 말고. 자기가 한 얘기 재미있었어. 나오미의 발언이 있었으니까 에이코 씨도 진심을 이야기해준 거고. 모두의 생각을 터놓고 이야기하자던 애초의 목적은 이룬 셈이잖아."

츠카사가 작은 접시에 포토푀를 덜어서 나오미에게 건넸다. 줄곧 말이 없던 나오미는 쓴웃음을 지으며 접시를 받아들었다.

"기운이 없는 건 아니지만. 그저, 역시 망상조차도 도키코 씨한텐 당해내지 못했구나 생각하니까, 좀 충격을 받았을 뿐이야."

그렇게 생각해서 그런지 개운해하는 얼굴이다.

"정말이지, 어쩔 수 없는 작가다, 나오미는."

츠카사가 깔깔 웃었다.

"망상, 좋지! 우린 그것으로 벌어먹고 사니까. 누구나 자기의 망상 속에서 살고 있고, 우리는 어떻게 생판 모르는 남을 자기의 망상 속으로 끌어들일까에 목숨을 거는 사람들이잖아. 자의식 과잉이네, 남의 흠을 들춰내는 나쁜 놈이네, 욕을 먹어도 어쩔 수 없어."

"그래, 맞아. 글을 쓸 때는 이런 일을 선택한 자기를 저주하지만, 소설을 완성할 때마다 한 작품 더, 한 작품 더 욕심을 내게 돼. 참 신기하지? 일단 시작하면 힘들기만 한데 말이야."

나오미도 그녀답지 않게 해맑게 웃었다. 에리코가 끼어들었다.

"숙명적인 직업이라는 거지, 작가란. 하지만 내가 남자라면 역시 글 쓰는 여자랑은 사귀고 싶지 않을 거야."

"나도 나도!"

"으, 생각만 해도 싫다, 같이 사는 여자가 사소설•이라도 쓴다면……?"

"난 있지, 열심히 일하는 여자는 아름다운데, 여자가 소설을 쓰고 있는 모습은 왠지 보기 흉할 거 같아. 이상하게 남자는 그렇지 않은데. 실수로라도 그런 모습은 애인한테는 보이고 싶지 않아!"

"그런 사람 있잖아 왜, 소설을 쓸 때는 화장하고 멋 부린다는 사람."

"그럼 기분 좋게 쓸 수 있을까? 누가 한번 해봐. 효과가 있으면 나도 하게."

마침내 긴장이 풀리고 마음 편히 술을 마실 분위기가 조성되었다. 지금까지 살벌한 대화가 오고 간 것과는 대조적으로 밝고 친밀한 공기가 가득했다.

"저기, 시즈코 씨! 소설을 써보고 싶단 생각 한 적 없어요?"

나오미가 시즈코에게 물었다. 시즈코는 느긋하게 담배를 피우면서 와인을 마시고 있었다.

•私小說, 일본 특유의 소설 형식으로, 작가 자신을 일인칭 주인공으로 하여 자신의 체험이나 심경을 고백하는 형태로 표현하는 소설.

"소설? 없는데."

의외라는 얼굴로 시즈코는 대답했다. 세 여자는 지그시 시즈코의 얼굴을 보았다.

에리코는 항상 시즈코야말로 도키코에게 필적할 만한 능력이 있는 여자라고 생각해왔다. 생활환경 때문인지, 시즈코는 교양과 미적 감각이 뛰어나고 인맥도 넓고 세상물정에도 밝다. 미술 관련 출판 프로덕션을 경영하면서, 골동품과 서화에 대한 에세이를 벌써 여러 권 출판하였고, 풍부한 감각과 높은 감식안으로 업계에서는 명문가로 알려진 상태다. 에리코는 언젠가 시즈코가 소설을 쓰면 좋겠다고 은근히 바라고 있던 터였다. 틀림없이 도키코와는 대조적인, 심플하지만 깊이가 있는 소설을 쓸 수 있지 않을까? 나오미가 그런 질문을 한 것도, 그녀 역시 시즈코의 실력을 인정하고 있기 때문일 것이다.

"도키코 언니 같은 천재가 옆에 있어 봐. 도저히 소설을 쓸 엄두가 안 날걸. 도키코 언니는 정말 언어들이 눈송이처럼 펑펑 쏟아졌거든. 흥얼흥얼 콧노래나 불렀던 사람이, 처음부터 『뱀과 무지개』야. '어머, 미안!' 하는 느낌. 천재란, 여러 가지 의미에서 잔인한 존재야. 천재는 범인(凡人)을 몰아내 버리지. 노력하는 사람을, 그런지도 모르고 짓밟아버리는 경향이 있어."

"모차르트와 살리에리?"

츠카사가 중얼거렸다. 시즈코는 쓰게 웃었다.

"난 보기와는 다르게 영 재능이 없으니까. 사실은 노력을 참 많이 하는 편이야. 옆에 그런 언니가 있어서 꽤 힘들었거든. '봐라, 저 연못에서 우아하게 헤엄치고 있는 백조는 물 밑에서 필사적으로 다리를 움직이고 있다'고 말해도, 도키코 언니는 '필사적? 그게 무슨 뜻이더라?'라고 했을걸! 하긴 언니는 아무 노력도 하지 않고도 처음부터 날 수 있었으니까."

시즈코가 도키코에 대한 본심을 털어놓는 건 처음 있는 일 같았다. 오늘 밤은 다들 입이 가벼워진 모양이다.

"그래도 시즈코 씨의 소설, 한번 읽어보고 싶다. 틀림없이 시즈코 씨가 생각한 것보다 훨씬 훌륭할 거야. 있죠, 만일 직접 쓴다면 누구 같은 소설을 쓰고 싶어요?"

츠카사가 물었다.

"글쎄. 쓰고 싶은 것과 쓸 수 있는 것은 다르다고 생각하는데? 누굴까?"

"시즈코 씨라면, 사강 같은 느낌이 아닐까?"

"아니, 아니야. 나는 분명 둔하디둔한 소설일 거라고 봐. 보기와는 달리 내가 좀 둔하잖아!"

비는 여전히 쏴아쏴아 쏟아지고 있었다.

얼마간 잡담을 나누고 있자니, 마침내 시즈코와 나오미가 하품을 하기 시작했다.

"그만 자야지, 자기들은 아직도 마시니?"

시즈코가 기지개를 켜면서 에리코와 츠카사를 번갈아 보았다.

"내일 밤도 있으니까 오늘은 그만 자는 게 어때?"

나오미가 질렸다는 듯이 말했다.

"어머! 내일 밤도 있으니까 오늘은 마시는 거야. 모레 돌아갈 걸 생각하면 마음 놓고 마실 수 있는 건 오늘 밤밖에 없잖아."

"맞아."

에리코와 츠카사는 마주 보고 고개를 끄덕였다. 시즈코는 어깨를 으쓱해 보였다.

"이런 술꾼들한텐 못 당하지. 우린 그만 자러 간다! 잘자."

"잘 자요~."

객실에는 두 사람만 남겨졌다. 시즈코와 나오미가 화장실과 욕실에서 물 내리는 소리가 들리자, 오늘 하루가 마침내 끝나는구나! 하는 느낌에 왠지 쓸쓸해졌다.

"뭐야, 아직 12시밖에 안 됐잖아!"

"아직 초저녁이구먼!"

둘은 서로의 술잔에 술을 따라주면서, 이번에야말로 느긋하게 근황 보고를 하는 등 이야기꽃을 피웠다. 에리코와 츠카사는 나이도 비슷하고 가치관도 닮아서인지 마음이 잘 맞는다. 부어오른 다리를 다른 의자에 걸치고, 둘은 남의 험담이나 소문 이야기에 시간 가는 줄 몰랐다.

"오늘은 정말 피곤한 하루였다, 그렇지?"

"그러게. 나도 이렇게 될 줄은 정말 몰랐어. 내일도 계속될까?"

"그래도 오늘 일단 결론은 나왔잖아. 내일은 좀 더 즐거운 저녁시간이 되었으면 좋겠다. 어깨가 다 뻐근하다니까."

"사실은 나, 4년 전 그날 일 중에 마음에 걸린 일이 한 가지 있어."

츠카사가 문득 생각났다는 듯 말했다. 에리코가 '또야?' 하는 표정을 지어 보였다.

"뭐, 또 뭔데? 참 기억도 잘해."

"그리 중요한 건 아니지만, 내내 마음에 걸렸었거든. 새삼스럽게 모두에게 물어볼 만한 것도 아니고."

"뭔데?"

"현관에 들어서면 동판화가 한 장 걸려 있잖아, 거울 옆에."

"아아, 그 작은 그림!"

"그날, 그 그림이 안 걸려 있었어. 몰랐어?"

"그래? 전혀 몰랐는데."

"그 다음 날 봤을 때는 원래대로 걸려 있었거든. 누가 그날만 떼어놓았던 걸까?"

"글쎄, 잘못 본 거 아냐?"

"아니, 분명히 없었어!"

"무슨 이유가 있었을까?"

"그걸 모르겠단 말이야. 별일 아니겠지?"

츠카사가 변명하듯 이야기를 중단했다. 에리코는 생각에 잠긴 표정이 되었다.

"그 그림, 분명 초원에 누워 있는 여자가 꽃을 들고 있는 그림이었지? 무슨 꽃이었더라?"

"백합. 달랑 한 송이."

둘은 그런 대화를 나누면서, 문득 벽난로 위의 꽃을 동시에 돌아보았다.

백합.

두 사람은 말없이 서로의 얼굴을 마주 보았다.

"저기……, 아까 나오미가 한 얘기. 도키코 씨의 유언장. 츠카사는 어떻게 생각해? 진짜 또 다른 유언장이 존재할 거라고 생각해?"

"글쎄. 어쩌면 도키코 씨의 거짓말이었을지도 모르지. 하지만 나오미가 몰래 찾았다는 게 정말이라면, 적어도 나오미는 믿었다는 말이잖아. 그렇다면 어쨌든 뭔가가 존재한다는 이야기를 도키코 씨가 했다는 거고, 그럼 도키코 씨의 망상도 존재했다는 건데? 내가 지금 하는 말이 이상해? 아니면 맞는 얘기야?"

"괜찮은 얘기 같아."

"도키코 씨가, 에이코 씨가 말했던 것처럼 자신의 망상을 뒷받침하려고 필사적이었다면 역시 편지를 썼을 거야. 내가 도키코 씨라면, 그런 망상을 가지고 있으면서 그것을 보강하려고 한다면, 쓸 거야. 뭔가 '증거물'이 있으면 더욱 그럴듯해질 테니까."

"그 말은?"

"편지는 존재한다!"

두 사람은 아주 잠깐 말을 잃었다. 그리고 에리코가 다시 입을 열었다.

“나오미는 집 안을 충분히 뒤진 것 같았어. 그럼, 츠카사가 나오미에게 들키지 않도록 뭔가를 숨긴다면 이 집의 어디에 숨기겠어?”

“그거 참 어렵네. 최종적으로는 발견되길 바라고 있단 말이야. 그렇다면 한 번쯤은 그녀가 찾아본 곳이거나, 반대로 모두의 눈에 띄기 쉬워서 그녀가 좀처럼 손을 댈 수 없는 곳. 그런 곳이 아닐까?”

“……현관을 들어서면 바로 보이는 동판화의 뒷면은 어때?”

에리코가 진지한 표정으로 뚫어져라 츠카사의 얼굴을 보았다. 츠카사도 멍하니 입을 벌리고 에리코를 본다.

“항상 눈에 보이지만 사람들의 출입이 많아서 좀처럼 손을 댈 수 없는 곳!”

“혹시, 그날 그 그림을 뗀 건 도키코 씨가 편지를 숨기기 위해서?”

츠카사는 쏜살같이 객실을 빠져나갔다.

떨리는 마음으로 기다리고 있자니, 츠카사가 액자를 끌어안고 뒤를 돌아보면서 돌아왔다.

“어때?”

“벽에 안전하게 고정되어 있었어. 그나저나 보물은 있을까?”

둘은 목소리를 죽이고 테이블 위에 액자를 뒤집어놓았다. 눈물 모양을 한 은색 고정쇠를 손톱으로 돌리고, 그림을 넣어둔 이

중으로 된 판자를 들어냈다.

거기엔 오래되어 보이는 회색 봉투가 있었다.

"찾았다!"

"쉿! 우와, 진짜 있었네!"

떨리는 손으로 봉투를 들고 보니, 색이 바랜 회색 봉투에는 촛농으로 봉인까지 되어 있었다. 봉투를 뒤집어보니, 거기에는 '하야시다 나오미에게'라고 쓰여 있었다.

"이야~, 긴장되는데! 어떡해, 내일 뜯어봐?"

"그래도 유언인데, 변호사의 입회가 필요하지 않을까? 수신인도 나오미고. 아니면 에이코 씨가 열어봐야 하나? 그래도 보고 싶다, 그렇지? 발견자는 우리니까."

"보고 싶어, 보고 싶어~!"

"봐버릴까?"

"응. 어차피 내일 열어볼 거라면 지금 봐도 마찬가지일거야."

이미 온몸으로 퍼진 술기운도 보태져서, 두 사람은 고개를 끄덕이고는 가위를 가져와 신중하게 봉투의 끝부분을 잘랐다. 가위를 쥐고 있는 에리코의 손이 희미하게 떨렸다.

"에리코, 알코올중독이니?"

"바보야, 긴장해서 그런 거야. 으으, 떨려 죽겠네."

안에서 네 겹으로 접은 얇고 고급스러운 종이가 나타났다. 만년필로 쓴 글자가 비쳐 보였다.

"으악!"

"믿을 수 없어."

둘은 작은 소리로 비명을 지르면서 꿀꺽 숨을 삼키며 편지를 펼쳤다.

얼핏 봐서는 무슨 글이 쓰여 있는지 잘 알 수가 없었다.

내용은 겨우 몇 줄에 지나지 않았고, 필적은 심하게 흐트러져 있었기 때문이다.

"뭐라고 쓰여 있는 거야?"

"그러니까……."

두 사람은 얼굴을 맞대고 뚫어져라 그 문장을 읽었다. 그와 동시에 섬뜩해진 표정으로 서로를 마주 보았다.

거기에는 두 사람이 생각해본 적도 없는 문장이 쓰여 있었다.

나오미에게.

사태는 생각했던 것보다 절박합니다.

내게 무슨 일이 생기면 나머지 계획을 잘 부탁합니다.

틀림없이, 나는 머잖아 시즈코에게 살해당할 겁니다.

목요일 아침

다음 날 아침, 비는 그쳤지만 여전히 바람이 강했다.

우구이스 저택은 깊은 잠에 빠져 있었다. 아담한 목조 양옥은 이른 아침의 차가운 어둠 속에서 고요하게 휴식을 취하고 있다.

하지만 자세히 보면 작은 붙박이창에 희미한 불빛이 어리고 있다.

우구이스 저택의 부엌.

아야베 에이코는 느긋하게 아침 의식을 행하고 있는 중이었다. 의식이라고 해봐야 대단한 것은 아니고, 1인용 은색 포트에 직접 블렌딩한 홍차잎을 듬뿍 넣고 우유를 조금 넣은 진한 홍차를, 부엌의 작은 나무 의자에 앉아 그날의 스케줄을 생각하면서 여유롭게 마신다. 하루의 각성과 도움닫기의 시간.

숙녀들이 일어나기 전까지는 아직 시간이 충분하다.

에이코는 은은히 혀에 스며드는 홍차의 쓴맛을 음미하면서,

의자 위의 당당한 체구에 비하면 의외로 가냘픈 다리를 꼬았다. 하얀 피부에 통통하게 살이 오른 얼굴에 묻힐 듯 작은 눈을 들여다본다 한들, 그녀의 눈에는 그 어떤 표정도 어려 있지 않다는 것을 쉽게 알 수 있을 것이다.

바람이 저택의 이곳저곳을 때리며 창문을 흔들었다. 바깥 기온은 찬 모양이다.

냄비가 딸깍딸깍 맛있는 것을 끓이는 기분 좋은 소리를 내고 있다. 이 소리를 듣고 있으면 마음이 차분해진다. 어젯밤에도 꽤 마셨기 때문에, 모두 숙취가 꽤 남아 있을 것이다. 진한 홍차와 커피를 넉넉히 준비해둬야지. 바싹 구운 토스트. 다 되어가는 클램차우더*. 차가운 토마토와 양파에 따뜻한 녹미채 드레싱을 뿌린 샐러드. 그레이프프루트와 키위.

달리 의식하지 않아도, 오랜 세월의 습관으로 머릿속에서 메뉴를 척척 읊는다. 요리는 참 좋다. 섬세하고, 몸을 움직이게 하고, 손이 미치는 범위 안에 해야 할 일들이 준비되어 있다. 무슨 일이 있어도 인간은 먹어야 한다.

비탄에 빠지고 좌절을 곱씹을 때에도 냄비에 불을 지피기 위해 일어나야만 하는 것이다.

에이코는 도키코의 죽음이 확인된 순간을 되새기고 있었다. 그때, 그녀는 아직 사태의 크기를 납득하지 못하고 있었다. 도

* 대합조개를 넣은 수프.

키코의 죽음이 자기에게 있어 어떤 의미인지를 알지 못했던 것이다. 그때 너무나도 큰 허탈감 속에서, 에이코는 돌연 계란 수프를 끓이자고 생각했던 것을 떠올렸다. 여자들이 멍하니 앉아 있는 가운데 에이코는 뭔가 따뜻한 음식을 만들어야겠다고 생각했다.

조금은 불쾌한 기분이 든 건 사실이지만, 어젯밤의 고발(告發) 대회는 재미있었다. 역시 모두 가시가 있다. 지금에 와서 이런 전개를 보일 줄은 꿈에도 생각하지 못했다. 바꿔 말하면, 모두 도키코의 죽음을 완전히 받아들이지 못했던 것이다. 그럴 정도로 도키코의 존재와 속박은…… 컸다.

때로는 기세에 눌려 물러설 때도 있지만, 역시 작가라는 인종이 갖는 흥미는 질릴 줄 모른다. 특히 이 모임은 편집자의 입장에서 봐도 재미있었다. 도키코와 같은 피가 흐르고 있는 여자들이 만들어내는 문장을, 에이코는 그녀들이 상상하고 있는 것 이상으로 철저하게 체크하고 있었다. 시게마츠 가의 예술 감각이 세대를 넘어 맥맥이 이어지고 있음을 보는 것은 즐거운 일이었다.

츠카사에게는 정통파의 문학 센스가 있고, 꾸준한 노력으로 착실하게 성장하고 있다. 대충 넘어가는 일이 없는 성실한 성격이니 머잖아 중견 작가 대열에 진입하게 될 것이다.

나오미는 항상 엉뚱한 전개를 펼쳐 보이는 여자로, 이제 한계인가 싶을 때면 돌연 다음 단계로 무섭게 도약한다. 작가로서의 강한 야심은 항상 이쪽의 예상을 뛰어넘으니, 언제 또 대변신을 할지 모를 일이다. 시즈코는 준비된 작가다. 전문가의 비평을 감당해내는 점에 있어서는 단연 발군으로, 앞으로 기대가 크다.

에리코는……. 도키코와 혈연관계가 있는 것도 아니고 논픽션 작가라는 점에서 지금까지는 그다지 무게를 두진 않았지만, 최근 들어 에이코는 에리코에게 관심을 보이기 시작했다. 오히려 피의 인연이 없는 만큼, 반대로 시게마츠 가의 영향을 직접적으로 받고 있다고 할 수 있다. 논픽션 작가는 까딱 잘못하면 픽션 작가보다도 인격이 문장에 드러나기 쉽다. 에이코는 지금은 맥락이 끊어졌다고 하는 사소설이, 이 논픽션 분야로 옮겨온 게 아닐까 생각하고 있었다. 논픽션이라고는 하지만 취재대상에게 자신을 투영하는 작품이 늘어가고 있고, 그런 것에 열광하는 팬들이 생겨나고 있는 것을 보면 논픽션이라는 것에 위기의식을 느낄 때가 있다.

예전부터 에리코의 꾸밈없는 문장에는 선택한 테마와 더불어 호감을 가지고 있었지만, 최근의 문장에는 막연한 가능성을 느끼고 있었다. 그녀의 논픽션에는, 본인은 모르고 있는 것 같지만, 커다란 픽션이 잠들어 있다. 이야기를 꾸며서 쓰고 있다는 의미가 아니다. 뭔가 또 다른, 자기가 이야기해야 할 픽션을 감추고 있는 것 같은 예감이 들게 한다. 그녀는 자신의 성격이 픽션보다는 논픽션에 어울린다고 믿고 있겠지만, 에리코는 필시 픽션 작가가 될 재목이다. 그 천성적인 성질이 시게마츠 가의 영향을 받아 지금 천천히 깨어나고 있는 중임이 틀림없다. 언젠가는 본인이 그 사실을 알아차리도록 일깨워주어야 할 것이다. 에이코는 어느 정도 의무감을 가지고 생각했다.

갑자기 눈앞에 에리코의 얼굴이 너무 선명하게 떠올라 에이코는 깜짝 놀랐다.

그것도 지금 떠오른 에리코의 얼굴은, 어젯밤 보았던 에리코의 얼굴이 아니다.

그날의 에리코다.

왜지? 에이코는 놀란 머리로 생각했다.

클램차우더를 끓이던 냄비가 쉬익~! 뜨거운 수증기를 내뿜었다.

수증기……. 그날도 그것을 보았다. 포토푀가 든 냄비를 들고 객실로 들어간 순간 느꼈던 위화감. 무언가 이상하다. 무언가 불순한 것이 끼어 있다. 분명 그렇게 생각했다. 그 위화감이란……?

수증기 너머로, 에이코는 지금 분명하게 얼굴을 떠올리고 있었다.

어딘지 모르게 긴장된, 기묘한 표정의 에리코의 얼굴을.

목요일 낮 전후

네 명의 여자들은 에이코의 예상대로 점심시간이 다 되어서야 드문드문 일어나 나왔다.

어젯밤 늦게까지 깨어 있었던 츠카사와 에리코는 마지막으로 느릿느릿 객실로 걸어들어오더니, 부석부석한 얼굴로 의자에 걸터앉아 흐리멍덩한 눈으로 홍차를 홀짝였다.

"음~ 맛있다! 이제 살 것 같아."

츠카사가 요란스럽게 말했다.

"너무 멋지지 않아? 아침에 일어나 이런 우아한 곳에서 따끈한 홍차를 마실 수 있다니!"

에리코도 진심어린 말투로 중얼거렸다.

"에이코 씨! 여기에 하숙을 치면 어때요? 나하고 에리코가 하숙인으로 들어오게."

츠카사가 토스트에 마가린을 바르면서 말했다.

샐러드를 덜어내면서 에이코가 쓴웃음을 지었다.

"자기들이 하숙인? 고생길이 훤히 보이네. 그보다 레스토랑 여주인이 낫겠다. 에리코, 샐러드하고 클램차우더도 많이 먹어. 자기는 평소에 변변하게 챙겨 먹지도 못할 테니까."

"네~! 어머, 시즈코 씨 뭘 읽고 있어요?"

에리코는 건성으로 대답하면서 이미 식사를 마치고 잡지를 읽고 있던 시즈코의 손을 들여다보았다. 마찬가지로 식사를 마친 나오미는 다음 작품의 자료를 읽고 있는 듯, 연필을 한 손에 들고 두꺼운 책장을 넘기면서 차례차례 포스트잇을 붙이고 있었다.

"으앗! 안 돼, 시즈코 씨 혹시?"

토스트를 입에 문 채 츠카사가 허둥거렸다.

"맞아, 츠카사의 최신작이야."

시즈코는 새침한 얼굴로 잡지의 페이지를 넘기고 있었다. 츠카사가 데뷔했던 문학잡지의 최신호인 것 같다. 에리코는 시즈코가 펼쳐 들고 있는 잡지의 표지를 보았다. 스기모토 츠카사란 이름이 인쇄되어 있다. 그녀는 본명으로 소설을 쓰고 있다.

"시즈코 씨, 다음엔 제 차례예요."

에리코가 짓궂게 말했다.

"정말 너무해, 다들. 집에서 읽어요! 왜 하필 내 앞에서 읽는 거냐고~ 그만~!"

츠카사는 꽥꽥 무의미한 저항을 계속했다.

"아이고 시끄러워, 프로가 돼 가지고 왜 그래!"

에이코가 못 참겠다는 듯 소리치고, 츠카사와 에리코가 먹을 과일을 테이블에 놓아두고 자기도 책을 펼쳤다.

"하지만 정말 싫긴 해. 아는 사람이 눈앞에서 자기가 쓴 글을 읽고 있으면 말이야."

에리코가 동정어린 말투로 중얼거렸다. 그러면서도 시즈코가 건네준 잡지를 잽싸게 낚아챘다.

"어떻던가요, 스기모토 츠카사의 최신작?"

"아주 좋아요! 이대로 정진해준다면 도키코 언니도 기뻐할 거야."

시즈코의 감상에 츠카사는 안도한 듯한 표정을 지었다.

역시 자기 작품에 대한 감상은 신경이 쓰이는 법이다. 그것도 시즈코의 감상이라면 더더욱. 츠카사는 와작와작 샐러드를 먹으면서 자기에게 말하듯 중얼거렸다.

"나도 오후에는 책 한번 읽어볼까! 눈물 쏙 뺄 설로 가지고 왔거든."

에리코는 힐끔 츠카사를 보았다. 츠카사는 모른 척하고 있다.

어젯밤 늦게 우연히 떠오른 기억 덕분에, 두 사람은 도키코가 죽기 직전에 쓴 것으로 보이는 메모를 찾아냈지만, 일단 그 메모는 지금 에리코가 가지고 있다. 이 메모를 어떻게 해야 할지를 의논한 결과, 다음 디너 때까지는 말하지 않기로 했다. 딱히 깊은 속뜻이 있는 것은 아니다. 어젯밤의 디너가 날카로운 심리전이 되었기 때문에, 낮 동안이나마 휴식을 취하고 싶다는 것이 그

주된 이유였다. 츠카사가 지금 한 대사는 다시금 그 사실을 에리코에게 확인시키려는 것 같았다. 에리코는 커피를 따르기 위해 자리에서 일어서면서, 그 메모를 모두에게 내보일 순간을 떠올리자 조금 우울해졌다.

제2라운드도 긴박하게 돌아가겠군. 그나저나 그 메모는 도대체 어떻게 해석해야 좋을까?

'틀림없이, 나는 머잖아 시즈코에게 살해당할 겁니다.'

메모의 흐트러진 필적이 뇌리에 떠올랐다.

그것도 도키코의 망상의 일부일까? 하지만 어제 이야기로 봐서는, 그녀의 망상의 대상은 주로 에이코에 대한 것이었다. 시즈코와의 사이에 뭔가 알력이 있었다는 이야기는 들은 적이 없다. 하긴, 그런 것이 존재했다고 해도 그 두 사람이 우리 같은 사람이 알아차릴 정도로 바보처럼 굴지는 않겠지만. 그게 아니라도 내가 저 두 사람을 알고 지낸 시간은 다른 사람들보다 훨씬 짧다.

에리코는 컵을 들고, 다시 의자에 몸을 묻었다.

목요일 오후

오후 시간은 아주 천천히 흘렀다. 세찬 바깥바람도 집에서 안 나가도 될 명분이 되어주어 마음이 편할 정도다. 역시 책을 좋아하는 여자들의 모임인 만큼, 제각기 자기 손에 든 책에 몰두하고 있다. 가끔 차를 마시기 위해 자리에서 일어날 때 외에는, 모두 묵묵히 책장을 넘기기만 할 뿐이었다.

원래 1년에 한 번 갖는 이 모임에 무슨 거창한 이벤트가 있는 것도 아니다. 도키코가 죽은 것이 2월의 둘째 주 목요일이었다는 이유에서, 매년 그날을 끼고 전후 합해서 3일간을 도키코를 기리는 날로 하자고 했던 것이다. 기일을 낀 3일간으로 하지 않았던 것은 도키코가 목요일을 좋아했기 때문이다.

목요일이 좋아. 어른의 시간이 흐르고 있으니까. 정성 들여 만든 과자 향기가 나니까. 따뜻한 색상 스톨을 두르고, 마음에 드는 책을 읽으면서 말없이 의자에 걸터앉아 있는 듯한 안도감이 느껴지니까. 목요일이 좋아. 주말에 대한 기대에 찬 예감을 마음 깊이 숨겨두고 있으니까. 그때까지 일어났던 일도, 앞으로 일어날 일도, 죄다 알고 있는 것만 같으니까 좋아……. 누구나 기회 있을 때마다 도키코가 노래하듯 중얼거리던 것을 들었을 것이다. 그리고 지금도, 마음 속 어딘가에서 도키코의 목소리가 들리고 있을 것이다…….

그래도 3시가 지났을 때에는, 누가 먼저랄 것도 없이 '잠깐 쉴까?' 하는 분위기가 되었다.

"읽었어, 츠카사. 좋은데! 나, 이 류라는 사람이 마음에 들어."

에리코가 담배에 불을 붙이면서 감상을 말했다.

"그래? 사실은 나도 좋아해, 그 사람. 다른 단편에 다시 등장시켜서, 그의 연작을 만들어볼까 해."

츠카사는 그다지 싫지 않은 표정으로 대답했다.

"그건 그렇고, 여전히 의미를 모르겠다니까, 이 문예평론가의 대담이라는 거. 나도 명색이 현대문학 전공자였는데 말이야. 이게 진짜 일본어 맞는 거야? 이걸 읽고 의미를 이해하는 사람, 아니, 이해했다고 생각할 수 있는 사람이 일본에 도대체 몇 명이나 될까? 한 열 명?"

에리코는 팔랑팔랑 잡지를 넘기면서 중얼거렸다.

"아니야, 좀 더 있을 거야, 적어도 백 명 정도는. 이런 교양주의적 문예시평 마니아들이 꽤 있단 말씀이야. 남자들뿐이긴 하지만."

츠카사가 진지한 얼굴로 대답했다.

"'발레리적인 것이 역사적 보편성을 가지고 야스오카적인 것을 능가하고 있다고 말하지 않을 수 없다.' 이 말이 대체 무슨 의미야? 주어는 뭐고 술어는 어떤 거야? 네 명이 대담을 하고 있는 것 같은데, 아무도 상대방이 하는 말을 듣고 있지 않잖아. 도대체 서로 무슨 말을 하는지 알고는 있을까? 이렇게 뭐뭐적 뭐뭐적 하는 말만 계속 늘어놓으면서, 인용하고 있는 내용을 제각각 다르게 해석하고 있는 거 아니야?"

"글쎄 어떨까? 정말 솔직히 고백하면, 난 아직도 내가 상을 받은 이유를 잘 모르겠어. 몇 번이고 선정 평가를 읽어봤지만, 용어들이 너무 어려워서 말이야. 칭찬하고 있는 건지 비평하고 있는 건지조차도 모르겠다니까. 책이라곤 거의 읽지 않는 친구가 수상작을 읽고 '그 치과의사, 정말 재수 없더라!' 하고 말해주었을 때가 훨씬 기쁘고 고마웠을 정도야."

"그건 그래. 혹시 에이코 씨 정도가 되면 이런 대담도 대충 이해하게 될까요?"

에리코가 에이코에게 말머리를 돌렸다.

"그런 걸 나한테 묻다니."

아마도 두 사람의 대화를 듣고 있었던 듯, 에이코가 얼굴을 찌푸리며 뭐라고 불평을 했다.

"나도 묻고 싶은데요?"

츠카사가 에리코에게 동조했다. 에이코는 코로 한숨을 쉬었다.

"노코멘트! 생각들 좀 해봐, 편집자인 내가 모른다고 말할 수는 없잖아?"

두 사람은 크게 고개를 끄덕였다.

"그렇구나, 에이코 씨도 모르는구나!"

"왠지 안심이다."

"노코멘트라고 했지, 모른다고 말한 건 아니라고."

에이코가 서둘러 덧붙였다. 시즈코가 쿡쿡 웃었다.

"시즈코 씨가 웃고 있어. 그렇지, 우리들 중에서 가장 교양이 넘치는 시즈코 씨는 어때요? 이런 거 이해가 가요?"

츠카사가 의자 등받이에 팔을 두르며 시즈코를 돌아보았다.

"어머머, 이번에는 내 차례야? 내가 어떻게 알아, 그런 어려운 이야기를? 무엇보다 그런 건, 그 난해하고 진기한 언어의 분위기를 즐기는 것이 최선이야. 이해하려고 하면 안 되는 거야."

시즈코는 기분 좋은 듯 유쾌하게 대답했다.

"역시. 그렇다면 납득이 가네."

"어른의 대답은 역시 달라!"

둘은 얼굴을 마주 보았다.

"참, 어제 나오미가 사 온 케이크를 깜빡 잊고 안 먹었네! '시로타에'의 치즈케이크. 오후 간식으로 딱 좋겠다. 아침부터 홍차만 마셨으니까, 이번엔 녹차로 내올게. 좋은 차가 있거든."

에이코가 생각났다는 듯 손바닥을 탁 쳤다. 그때까지 한눈도 팔지 않고 자료에 집중하고 있던 나오미가, 자기 이름이 들렸는지 번쩍 얼굴을 들었다.

"변함없는 나오미의 집중력, 정말 대단해!"

츠카사가 감탄한 목소리로 말했다. 나오미는 꿈에서 깨어난 사람처럼 눈앞에 놓인 차갑게 식은 커피를 한 모금 마시고 고개를 흔들었다.

"아니야, 난 다른 사람이 있을 때는 항상 집중이 안 돼. 집에 있을 때는 작업실에 혼자 있지 않으면 전혀 일을 할 수가 없어. 남편이 눈에 보이는 곳에 있거나 하면, 한 글자도 못 쓰는걸. 다들 가만히 내버려두긴 하지만, 그래도 잘 안 돼. 왜 그런지 몰라. 그런데 오늘은 다들 동업자라서 그런가? 집중이 참 잘되네."

츠카사가 고개를 끄덕였다.

"그런 경우 있어. 소설을 쓴다는 건 지극히 개인적인 데다 왠지 꺼림칙하고 부끄러운 행위 같거든. 안 그래? 난 아무에게나 당당하게 '작가가 되고 싶어요!'라고 말할 수 있는 사람을 보면, 도대체 이해가 안 가더라."

"맞아 맞아. 좀 부럽긴 하지만."

에리코도 동의한다.

"그런데 나오미, 무슨 자료를 그렇게 열심히 읽어?"

시즈코가 팔짱을 끼고 일어서더니, 나오미의 무릎 위에 올려진 책을 보았다.

"자료라고 할까……, 쇼와사(昭和史) 책인데."

나오미는 두껍고 어려워 보이는 책을 테이블 위에 올려 놓았다. 시즈코가 손에 들고 보았다.

"뭐야, 다음 작품은 현대물 아니었어?"

에리코가 물었다. 나오미는 잠시 망설이다 입을 열었다.

"아직 결정된 건 전혀 없지만, 준비하고 있는 게 있어."

"그래, 어떤 이야긴데? 말해줘!"

츠카사가 호기심을 보였다. 에리코도 시즈코도 동의하는 듯 나오미에게 시선을 돌린다. 타인의 작품구상을 듣는 것은 재미있다. 자기와 타입이 다른 소설가의 구상은 더더욱 그렇다. 한참 숙성 중인 구상을 비밀로 해두고 싶은 마음과, 누군가에게 들려주고 싶은 마음은 비례한다. 나오미는 굳이 말하자면 비밀주의 쪽이지만, 이번만큼은 아무래도 말하고 싶은 마음이 이긴 것 같다.

"아직 이야기는 만들어지지 않았는데……, 제대로 된 멜로드라마를 쓰고 싶어."

주저하면서도 의욕을 엿보이며 대답했다.

"멜로드라마?"

츠카사가 되물었다. 나오미는 고개를 끄덕인다.

"〈너의 이름은〉•이나 비비안 리의 〈애수〉 같은 정통파 멜로드라마. 그런 엇갈리는 인연을 멋지게 만들어보고 싶어."

"흐음. 〈너의 이름은〉이라."

•기쿠타 가즈오의 방송극으로 비련의 멜로드라마. 1952~1954년에 걸쳐 NHK라디오에서 방송되었고 영화화되기도 했다.

시즈코는 딱 와 닿지 않은 모양이다. 나오미는 말이 많아졌다.

"그래요. 왠지 멜로드라마 하면 싸구려 같은 느낌이 들지만, TV의 멜로드라마도 시시하다고 무시하면서 끝까지 보게 되잖아. 그것을 소설로 멋지게, 그것도 엄청 길게 쓰고 싶어요."

"대하 멜로드라마가 되겠네?"

"그래. 주인공의 딸과 손자 세대까지 계속되는."

"연속 TV소설이네. 그런 거 보면, 마지막 주에 꼭 20년 정도 흐른 뒤에 주인공의 딸이 나타나잖아, 왜."

나오미는 피식 웃고는 두꺼운 자료를 탁 내리쳤다.

"그런 느낌이라고 할 수 있지. 하지만 현대에서는 더 이상 멜로드라마가 성립되기 어렵잖아? 이야기를 드라마틱하게 만들려면, 역시 전쟁 이야기로 하든지 시대를 거슬러 올라가는 수밖에 없어."

"그렇긴 해. 이런 정보화시대에 엇갈리는 인연이란 것 자체가 발생하기 어렵지. 엇갈림은 멜로드라마의 기본인데 말이야."

에리코가 수긍했다. 나오미의 구상에 흥미가 발동한 모양이다.

"맞아. 게다가 지금은 윤리규범의 장벽이 낮아서 사랑의 장애도 별로 없잖아. 그럼 또 재미가 없고. 역시 커다란 장애가 있고, 이성과 감정 사이의 유혹 같은 것이 있어야 멜로드라마로서도 매력이 있지."

"이성과 감정 사이의 유혹이라……. 참 멋진 표현이네. 확실히, 잘 만들어진 멜로드라마에 푹 빠지고 싶다는 생각이 마음 어딘가에 있긴 해. 멜로드라마 하면, 어떻게 저렇게 타이밍이 절묘하게 맞을 수 있나? 이런 이상한 놈이 세상에 어디 있나? 그런 불평을 늘어놓으면서도 다음 편을 안 보고는 못 배기잖아. 요즘 들어 못 봤네, 정말. 한때는 순수문학 하면 다들 멜로드라마였는데 말이야."

에리코가 작게 한숨을 쉰다.

츠카사가 포크에 꽂힌 치즈케이크를 빙빙 돌리면서 입을 열었다.

"지금은 여자가 참고 견디지 않으니까, 멜로드라마가 성립될 리 없지. 참고 견디는 것, 이것도 멜로드라마의 중요한 키워드인데 말이야. 남자는 지금도 여전히 하드보일드 한데."

"하드보일드는 남자의 멜로드라마잖아."

"질리지도 않고 같은 이야기를 철저하게 반복하고 있지. 나, 200자로 요약 설명할 수 있어. 이거면 일본에서 출판되는 하드보일드 소설의 모든 띠지에 사용할 수 있을걸!"

"어디 말해봐."

츠카사는 치즈케이크를 삼키고 천천히 말하기 시작했다.

"옛날 큰 조직에 있다가 손을 씻은 한 남자가 있습니다. 완력은 세지만 더 이상의 폭력은 싫습니다. 술이나 총이나 낚시 등 온갖 지식을 다 늘어놓습니다. 어느 날, 옛날 동료가 옛정 운운하며 뭔가를 부탁해옵니다. 남자는 고지식한 성격이라 거절합니다. 옛날 여자가 등장합니다. 싸움이 벌어져 사건의 흑막에 휩

쓸리게 됩니다. 그러다 마지막 순간에 옛날 여자 혹은 친구가 남자를 배신했다는 사실을 알게 됩니다. 결국은 모두 죽습니다. 남자도 참 많이 죽입니다. 허무합니다. 남자는 다시 여느 때의 생활로 돌아갑니다. 어때? 글자 수가 좀 많았나?"

"그거, 일본뿐만 아니라 세계의 모든 하드보일드 소설 띠지에 사용할 수 있겠다."

"좋겠다! 판권자 스기모토 츠카사로 등록하면, 띠지에 사용할 때마다 사용료가 들어오겠지?"

츠카사가 키득키득 웃었다.

"멜로드라마 보고 싶다~! 빈틈없이 아슬아슬하게 전개되는 걸로."

에리코는 여전히 한숨을 쉬고 있었다. 나오미가 고개를 끄덕였다.

"맞아. 자칫 잘못하면 그저 그런 촌스러운 얘기가 될 수 있으니까, 역시 미스터리적 요소를 가미해서 이야기를 이끌어가야 할 거야."

"수수께끼 같은 살인 사건. 여주인공의 출생의 비밀. 비밀스러운 혈연관계. 이것도 필수조건에 속하지. 사실은 아버지였다. 사실은 형제였다. 이러다 저러다 보면 등장인물 전원이 친척이 되기도 하잖아."

두 사람은 정신없이 이야기에 몰두하고 있었다.

"에리코가 멜로드라마를 그렇게 좋아하는지 몰랐네!"

놀랍다는 표정으로 츠카사가 말했다.

"평소에 엄격한 현실을 쫓고 있기 때문이 아닐까?"

시즈코가 츠카사에게 말하자, 에리코가 고개를 끄덕였다.

"나도 그렇게 생각해. 평소에 내가 취재하는 대상을 쫓다 보면, 제멋대로 현실이 끼어든다니까. 이런 일을 하다 보면, 결국 나는 어떤가 하고 자문하게 돼. 평소에는 괜찮은데, 반년에 한 번 정도 지독한 슬럼프에 빠지는 거야. 나는 왜 이런 고통을 감수하면서 취재를 하고 글을 쓰고 있는거지? 하고. 내 쪽은 무엇을 쓰든 부탁하고 허락을 맡아 글을 쓰는 입장이잖아. 내가 항상 적극적으로 밀고 나가지 않으면 아무것도 얻을 수 없으니까 가능한 한 공격적인 자세로 임하려고 하고 있지만, 가끔 기운이 다 빠져서 누군가에게 들이밀기가 겁이 날 때가 있어. 그래서 그런지, 재미로 읽는 것은 철저하게 만들어진 엔터테인먼트 작품이 좋아. 그래서 멜로드라마도 좋아하는지 모르지. 무대 아래에서 안심하고 지켜볼 수 있잖아. 테마나 리얼리티를 추구하는 것은 상관없지만, 난 엔터테인먼트 작가한테 설교 같은 걸 듣고 싶은 생각은 없거든. 그렇다고 사람들이 그 글을 읽게끔 하는 기술이 없는 건 별개지만. 솔직히 말해서, 소설가보다는 퇴근길에 책을 보는 독자가 훨씬 인생살이가 힘드니까, 어쨌든 그런 독자들에게 서비스를 해줬으면 하는 거지."

"흐음. 에리코도 기운이 다 빠질 때가 있나 보네? 항상 명랑하니까, 안정된 나날을 보내는 줄만 알았지."

츠카사가 의외라는 표정으로 말했다.

"어머, 그렇게 보여? 얼굴에 티가 안 나서 그렇지, 나 알고 보면 정서불안이야. 자주 기운이 없는걸. 근데 그게, 요즘 들어서는 그 빈도가 잦아져서 죽겠어. 기력이 점점 떨어지는 게 느껴져. 지금 취재 때문에 따라다니는 사람들이 다 감독들이라, 그들의 높은 긴장감을 쫓아가기 힘들어서기도 하지만."

에리코는 한숨을 쉬었다. 최근의 일본 영화계에는 광고계나 음악계에서 옮겨오는 등, 다양한 경위를 거쳐 영화를 촬영하기 시작한 젊고 유망한 감독들이 속속 등장하고 있다.

세대적으로도 가까운 그들의 창작 배경을 쫓으면 재미있을거라고 생각하고, 여러 감독들의 작업 현장을 몇 년째 쫓아다니고 있는데, 이게 아주 흥미로운 반면 은근히 에너지를 빼앗기는 작업이었던 것이다. 게다가 요즘 젊은 감독은 각본도 음악도, 사람에 따라서는 배우까지도 다 소화해내는 인간이 많아서 자기가 자기 얘기를 하나부터 열까지 직접 열거하고 만다. 내내 쫓아다녔던 감독이 직접 책을 써버린 경우도 몇 번인가 있어서, 일부러 제삼자인 에리코가 그들에 대한 이야기를 쓸 필연성이 어디에 있을까 고민하게 되는 경우가 요즘 들어 자주 생긴다. 그래서 요즘 에리코는 꽤 의기소침해 있었다.

"어머, 생각해보니 에리코가 일에 대해서 이야기하는 거 처음인 것 같아."

나오미가 놀란 얼굴로 말했다. 에리코가 콧소리를 내며 살짝 웃었다.

"나오미 얘기도 처음이야. 그보다, 우리가 자기 일에 대해 이야기하는 것 자체가 처음인 것 같아."

"그러고 보니까 그러네. 다른 소설 이야기는 했어도, 자기 얘기는 한 적이 없었지, 아마?"

츠카사가 모두의 얼굴을 돌아보았다.

에이코가 찻잔을 대신해 녹차를 따른 메밀국수 소스 잔을 쟁반에 올려 들고 돌아왔다. 테이블 위로 메밀국수 소스 잔이 배급되었다.

녹차 향이 부드럽게 객실 안을 채우고, 여자들은 온화한 표정으로 소스 잔을 입으로 가져갔다. 뒤이어 케이크가 올려진 하얀 접시가 등장했다.

"아아, 치즈케이크! 여기 올 때마다 난 꼭 살이 찐다니까."

"어쩔 수 없잖아, 먹고 마시고 먹고 마시고의 연속이니."

"이런 사치스러운 식생활, 정말 오랜만이다."

"몸을 전혀 움직이지도 않았는데, 어떻게 이렇게 맛있게 먹을 수 있을까?"

모두들 어젯밤부터 자기들이 먹고 마신 양에 치를 떨면서도, 케이크는 눈 깜짝할 사이에 접시 위에서 그 모습을 감췄다.

"맛있다! 안 되겠어, 배가 너무 불러서. 나가서 조깅이라도 하고 와야지. 이대로 또 저녁을 먹었다간 바다사자가 되고 말거야."

츠카사가 기지개를 켰다.

"츠카사, 역 앞에 있는 슈퍼에 안 갈래? 나, 어젯밤에 생각보다 담배를 많이 피웠나 봐. 오늘 밤에 피울 것도 사놔야지. 술도 얼마 안 남았을 텐데."

"또야? 올해도 더 사 와야 한단 말이지? 여러분, 뭐 필요하신 거라도?"

에리코에 뒤이어 츠카사가 일어서며 에이코에게 물었다.

"글쎄……. 어젯밤에 준비해두었던 와인이 다 떨어졌어. 그 슈퍼라면 좋은 와인도 많이 있을 테니까 적당히 골라서 사 와. 그리고 음…… 식빵하고, 우유하고, 녹는 치즈도 사다 주겠어?"

"맥주파와 위스키파인 우리한테 와인을 골라 오라니, 좀 무모한 거 아니에요? 오늘 저녁 식사가 어찌 되든 우린 몰라요!"

츠카사가 협박하듯 시즈코의 얼굴을 보았다. 와인을 좋아하는 시즈코는 금세 표정이 불안해졌다.

"나도 갈래. 요즘 와인을 연구 중이거든."

나오미가 냉큼 손을 들었다.

"오오, 역시 유행 작가셔! 밑천이 꽤 들 텐데. 아무튼 부탁해!"

"가자, 가자! 나, 서점에 좀 들러도 돼?"

"다녀오겠습니다~!"

세 사람은 코트를 들고 우르르 몰려나갔다. 나가자마자 츠카사가 현관에서 외쳤다.

"맞다, 에이코 씨! 녹는 치즈라면 판치즈예요? 아님 피자용?"

"피자용으로 부탁해!"

"OK!"

에이코가 소리쳐 대답하자, 츠카사의 대답과 동시에 현관문이 닫혔다.

목요일 저녁

둘만 남자, 누가 먼저랄 것도 없이 후~ 하는 한숨 소리가 새어나왔다.

"차 한 잔 더 어때?"

에이코가 비어 있는 시즈코의 잔을 들여다보며 물었다.

"주세요. 이거 상당히 좋은 차네요. 어디서 났어요?"

"받은 거야. 사토미 선생님한테서."

"그랬구나, 어쩐지."

에이코가 천천히 몸을 일으켜 졸졸졸 차를 따랐다.

"고마워요. 늘 그렇지만, 에이코 씨는 잠시도 앉아 있을 시간도 없고……. 미안해요. 우리, 에이코 씨한테 얻어먹는게 몸에 배어버린 것 같아."

에이코가 얼굴을 찌푸리며 작게 손을 저었다.

"괜찮아, 천성인걸 뭐. 내가 하는 게 마음이 더 편해."

두 사람은 조용해지자 어쩐지 기온도 떨어진 것 같은 방안에서 멍하니 앉아 차를 마셨다.

"올해는 왠지 생각지도 못했던 방향으로 이야기가 흘러가네요. 이야기에 충실한 거라고 하면 듣기는 좋지만, 어제 하루로 완전히 녹초가 돼버렸어. 이것저것 처음 듣는 이야기도 있었고."

시즈코가 혼잣말처럼 중얼거렸다. 에이코를 힐끔 돌아보고는 자연스럽게 물었다.

"……그 정도로 위태로운 상황이었어요, 그 사람?"

에이코는 고개를 끄덕인다.

"마지막 무렵엔…… 힘들다기보다는 오히려 슬프더군. 도키코가 그렇게 돼버렸다는 사실이 말이야. 그래서 그날은 정말 놀랐어. 도키코가 자살을 했다는 게 믿기지 않았어. 도저히 자살할 것처럼은 보이지 않았거든. 솔직히 도키코한테서 해방되었다는 생각이 첫 느낌이었어. 그런데 그 후엔, 역시 그녀도 자기 자신을 용서할 수 없었던 거구나 생각하니까 기쁜 것 같으면서도 슬픈 것 같은……, 아무튼 마음이 복잡해지더군."

에이코는 소스 잔을 향해 소곤소곤 이야기했다.

"나오미가 한 이야기, 어떻게 생각해요?"

시즈코는 약간 메마른 말투로 에이코의 얼굴을 보았다.

에이코는 차를 마저 마셨다.

"그 당시의 도키코라면, 있을 수 있는 일이야."

"그렇다면, 일단 이야기에 신빙성은 있다는 말이네요?"

"그래. 도키코가 자살했다는 건 그 증거라고 생각해. 나오미를 끌어들여서까지 거짓말을 꾸며댔다는 사실에, 갑자기 혐오감이 들었던 게 아닐까? 그녀가 완만하게 거짓말을 했더라면, 분명 자살 같은 건 안 했을 거야. 만일 조금씩 자기에게 거짓말을 했더라면, 서서히 자기의 거짓세계에 젖어들었겠지. 자신의 망상의 세계를 구축하려고 단기간에 바쁘게 움직이다 보니까 그 반동이 너무 컸던 게 아닐까?"

에이코는 담담하게 말을 이었다.

"왜 그랬을까요?"

시즈코가 낮게 중얼거렸다. 에이코가 시즈코의 얼굴을 보았다.

"왜 갑자기 망상의 세계를 만들려고 했던 것일까요?"

"알면서."

에이코의 냉정한 말투에, 시즈코는 움찔 놀랐다. 두 사람의 시선이 순간 뒤엉켰다.

바로 그때, 엄청나게 큰 소리로 전화벨이 울리기 시작했다.

두 사람은 섬뜩해진 표정으로 동시에 전화기 쪽으로 눈을 돌렸다.

복도의 받침대 위에 놓인 전화기에서 울리는 전화벨 소리가 어두운 복도로 울려 퍼지고 있었다.

"누구지?"

에이코가 일어섰다.

"츠카사 아닐까요? 빵이 다 떨어졌다거나."

"여보세요."

수화기를 든 에이코의 온몸이 움찔하는 것이 느껴졌다.

시즈코는 에이코의 얼굴을 보았다.

에이코는 창백해진 얼굴로 시즈코를 돌아보았다. 도움을 청하는 듯한 눈빛이었다.

시즈코는 수상쩍은 얼굴로 자리에서 일어나 재빨리 전화기 쪽으로 다가왔다. 그리고 스피커 버튼을 눌렀다.

웅성웅성 흘러나오는 잡음.

희미하게 숨소리가 들렸다. 장난전화? 이건 여자?

"……안 되지. 도키코 씨를 잊으면……, 너희가 한 짓을 잊으면……."

상기된 날카로운 목소리다. 어딘지 모르게 이상한, 텅 비어 바람이 새는 숨소리.

시즈코는 팔이 후끈 달아오르는 듯한 기분이 들었다. 닭살이 돋은 것이다.

"너희의 죄를 기억해……. 도키코 씨가 너희에게 살해되었다는 사실을……."

날카로운 목소리는 계속된다.

에이코가 수화기를 불끈 쥐었다.

"누구? 당신, 누구야? 도키코의 팬인가?"

에이코가 간신히 평정을 가장하면서 물었다.

시즈코는 음량 조절 버튼을 눌러 소리를 키웠다.

목소리는 말이 없다. 쉬~쉬~ 하는 호흡 소리가 들렸다.

시즈코는 필사적으로 귀를 기울였다.

공중전화? 아니면 휴대전화일까? 옥외라는 건 틀림없다.

멀리서 들리는 소리는 뭐지? 사람 목소리 같은데.

"후지시로 치히로."

노래하는 듯한 목소리가 들리더니, 찰칵! 갑자기 전화가 끊겼다.

두 사람은 믿을 수 없다는 표정으로 서로의 얼굴을 마주 보았다. 에이코와 시즈코는 어두운 복도에, 꼼짝도 하지 못하고 우두커니 서 있었다.

목요일 밤 · 1

"……진짜, 엄청난 굴곡이 있는 것 같아. 작가란, 항상 자신감과 콤플렉스 사이를 왔다 갔다 하는 거잖아? 나도 기력이 약해졌을 때는 책방에 들어가는 게 무섭다니까. 그 산더미처럼 쌓인 신간들. 아아, 세상에는 소설을 쓰는 사람이 이렇게나 많이 있구나! 다들 이토록 열심히 하고 있구나! 매일 세계 곳곳에서 걸작과 화제작을 쉼 없이 쓰고들 있구나! 그런 생각을 하면 압도당하고 만다니까……. 다녀왔습니다~! 아아, 기분 좋다! 밖은 엄청 추워요. 그래도 소화는 잘 시키고 왔다, 그치? 이로써 오늘 저녁밥이 들어갈 공간은 OK! 참, 에이코 씨! 피자용 치즈가 작은 것밖에 없어서 우선 네 봉지 사 왔는데, 안 부족하겠어요?"

잡담을 나누며 씩씩하게 츠카사가 객실로 들어왔다.

"너무 맛있어 보여서 아이스크림도 사 왔어요. 겨울에 먹는 아이스크림, 좋잖아요! 녹차 맛하고 초콜릿 맛, 그리고 바닐라

맛. 그렇지! 이걸 접시에 삼색으로 놓으면 멋있겠다!"

"시즈코 씨, 좋은 와인이 있어서 사 왔어요. 그 가게 주인, 와인 박사던걸요. 그 사람 얘기 듣다가 늦은 거 있죠?"

바깥 냉기를 몰고 온 세 사람이, 요란하게 식료품과 술을 비닐봉지에서 꺼내어 테이블에 어지럽게 늘어놓았다.

"거기 슈퍼, 진열을 참 잘해놨더라. 통조림이고 밑반찬이고 집히는 대로 사게 돼. 이거, 육류 매장에서 직접 만든 리버 파테인데 맛있겠죠? 바게트에 발라서 늦은 밤 안주로 하려고."

"이건 좀 굽는 게 맛있어, 냄새도 좋고."

"피클을 잘라서 섞어볼까?"

에리코가 싱글거리면서 병을 꺼내들자 다른 두 명이 헤살을 놓는다. 그 거리낌 없는 표정들을, 에이코와 시즈코는 식사 준비를 하면서 말없이 기묘한 눈빛으로 지켜보고 있었다.

"……왜 그래요? 두 사람 모두 무서운 얼굴을 하고서."

츠카사가 두 사람의 표정이 이상한 것을 눈치채고, 허둥지둥 사과했다.

"미안 미안, 우리가 너무 늦게 왔죠? 이제 우리도 도울게요. 에리코가 피우는 담배가 떨어져서, 멀리 있는 자판기를 찾으러 다니느라고……."

"죄송합니다!"

"나도 와인 이야기에 그만 푹 빠져서……."

다른 두 명도 연이어 고개를 숙였다.

에이코와 시즈코는 당황한 듯 얼굴을 마주 보았다.

잠깐 침묵이 흐른 뒤, 시즈코가 천천히 입을 열었다.

"그게 아니야. 사실은 조금 전에 '후지시로 치히로'라는 여자한테서 전화가 걸려왔었어."

"네?"

세 사람은 얼어붙은 듯 숨을 삼키고는 겁먹은 표정으로 서로의 얼굴을 보았다.

"뭐라던가요?"

츠카사가 굳어진 얼굴로 묻는다.

"어제 그 카드하고 똑같아. 너희의 죄를 잊지 마라. 도키코 씨는 너희에게 살해당했다. 이 말만 하고 일방적으로 끊어버렸어."

시즈코가 낮게 대답했다.

방 안은 고요해졌고, 기분 탓인지 조명도 어두워진 것 같았다.

"어떤 여자였어요?"

나오미가 작은 소리로 물었다. 시즈코는 어깨를 으쓱해 보였다.

"잘 모르겠어……. 조작된 목소리였고, 통화도 아주 잠깐 했을 뿐이니까. 밖이라는 건 확실해."

시즈코는 후우~ 하고 한숨을 쉬더니, 각오가 선 듯 세 사람을 빙 둘러보았다. 그리고 내키지 않은 듯 무겁게 입을 열었다.

"자기들 셋이서, 줄곧 같이 있었어?"

세 사람은 멍한 얼굴로 시즈코를 보았지만, 그 질문에 숨은 의미를 가장 먼저 알아챈 사람은 츠카사였다. 순식간에 얼굴이 붉게 달아올랐다.

“서, 설마 우리 중 한 사람이 전화를 걸었다고 생각하는 거예요?”

“설마!”

다른 두 사람도 놀란 표정으로 외쳤다. 서로의 얼굴을 당황한 듯 쳐다봤다.

“왜 그런 짓을 해야 하는데요? 우리 중에 후지시로 치히로를 자칭한 거짓말쟁이가 있단 말이에요?”

츠카사는 말도 안 된다는 목소리로 외쳤다. 시즈코가 얼굴을 찌푸렸다.

“대부분 같이 있었어요. 서점이나 담뱃가게나 식품코너에서 잠깐 흩어진 적은 있었지만, 대부분은 같이 몰려다녔는데 뭘. 누가 전화를 걸었다면 금방 알아챘을 거야. 그렇지?”

츠카사가 다른 두 명을 무서운 얼굴로 노려보았다. 두 사람은 크게 고개를 주억거렸다. 그런데 그때, 나오미가 깜짝 놀란 듯한 표정으로 말했다.

“혹시 그 후지시로 치히로라는 사람, 이 집 근처에 있는 게 아닐까? 밖에서 우리가 나가는 걸 훔쳐보고 있었는지도 모르잖아.”

나오미는 그렇게 말하면서 소름이 끼쳤는지 창백해진 얼굴로 현관을 돌아보았다.

“그런 소리 하지 마, 무섭잖아. 그런데 진짜 우릴 감시하고 있을까?”

에리코의 팔을 잡는다.

"그래도 그렇지, 전화가 걸려왔을 때 우리가 없었다고 우리를 의심하는 거예요? 우연이었을지 모르잖아. 어쩌다 우리가 없을 때 전화가 걸려왔다, 단지 그뿐일 수 있잖아요?"

츠카사가 큰 소리로 항의했다.

시즈코는 씁쓸한 표정으로 세 사람을 뚫어지게 바라보다 이윽고 입을 열었다.

"나도 그렇게 생각하고 싶어. 하지만 안타깝게도 그렇게 생각할 수가 없어. 에이코 씨가 수화기를 들고 있었고, 나는 스피커 버튼을 눌러서 저쪽에서 나는 소리를 듣고 있었어. 난 분명히 들었어, 멀리서 전철이 달리고 있었어. 수화기 너머로 들렸어……. 자기들이 갔던 슈퍼 근처에 있는 역 이름을 방송하는 소리가."

객실은 물을 끼얹은 듯 고요해졌다.

시즈코의 말이, 눈에 보이지 않는 쐐기를 박는 것 같았다.

무거운 침묵이 이내 방 안을 가득 채웠다.

"……누구야?"

다시 한 번, 시즈코가 낮은 목소리로 물었다.

대답하는 사람은 없다. 움직이는 사람도.

시즈코는 천천히 몸을 일으켰다.

"츠카사, 휴대전화 가지고 있었지? 좀 보여주지 않겠어?"

이름이 불린 츠카사는 움찔 놀란 표정으로 시즈코의 얼굴을 보았다. 하지만 금세 무슨 말인지 이해했다는 듯 가방에서 휴대전화를 꺼내, 퉁명스럽게 시즈코에게 내밀었다.

"재다이얼 기능으로 마지막으로 전화한 번호를 알아보려는 거죠? 내가 마지막으로 전화한 건 어제 아침이에요. 가와사키에 있는 친구한테."

츠카사는 도전적으로 말했다.

시즈코는 무표정하게 통화 버튼을 누른다. 번호를 힐끗 보고 즉시 츠카사에게 돌려주었다.

다음으로 재촉하듯 나오미의 얼굴을 보았다. 나오미도 시즈코를 마주 보았다.

"난 휴대전화 안 가져왔어요. 이 모임을 누군가에게 방해받는 게 싫으니까. 뭣하면 우리 집에 전화해봐도 좋아요. 내 작업실 책상 위에 있을 테니까, 우리 집 누군가한테 확인해달라고 해요."

딱 부러지게 말한다.

시즈코는 흥미를 잃은 것처럼 작게 고개를 끄덕였다. 잠시 고개를 숙이고 있더니, 마침내 고개를 들어 날카롭게 에리코에게 시선을 던졌다.

"에리코 건?"

에리코는 아까부터 계속 입을 다물고 있었다. 창백한 얼굴로 꼼짝 않고 서 있다. 부자연스러운 침묵이 계속되었다.

"……나도 집에 놓고 왔어요."

시즈코의 시선을 견디지 못한 것일까, 간신히 들릴락 말락 하게 속삭였다.

"거짓말. 어제 자기가 4년 전의 행동표를 가방에서 꺼냈을 때, 휴대전화 줄이 밖으로 비어져 나와 있는 걸 봤는데? 자기가 좋아하는 펭귄 인형이 달려 있는 거 말이야."

시즈코는 피곤한 듯 말하고 팔짱을 끼었다.

에리코는 아무 말도 없었다.

츠카사가 놀란 얼굴로 에리코를 보았다.

"에리코!"

모두 에리코의 얼굴을 주목했다.

에리코는 입을 굳게 다물고 있다.

창백해진 얼굴. 한일자로 굳게 다물어진 입술. 그 텅 빈 눈동자는 그녀의 대각선 아래에 있는, 테이블 위에 놓인 리버 파테가 든 병을 뚫어져라 응시하고 있었다.

목요일 밤 · 2

"……알았어요, 차례대로 말할게요."

에리코는 창백한 얼굴로 후우, 하고 크게 한숨을 쉬었다.

"차례대로?"

시즈코가 의아스러운 듯 눈썹을 치켜 올렸다.

"그래요. 한 마디로 설명하기 불가능하니까."

"설명이 불가능해?"

이번에는 츠카사가 물었다.

"저녁부터 먹죠. 아무래도 이것이 제2라운드의 시작 같으니까."

에리코는 두 팔을 벌리고 모두를 몰아내듯 흔들었다. 다른 네 명은 납득할 수 없다는 표정을 지으면서도, 마지못한 듯 코트를 벗거나 접시를 놓거나 하며 말없이 움직이기 시작했다.

에리코는 팔짱을 끼고 털썩 의자에 주저앉았다. 모두가 멀찍이서 그녀의 표정을 보고 있었지만, 말을 거는 사람은 없었다.

시즈코는 나오미에게서 건네받은 와인의 코르크를 따면서, 처음 보는 듯한 눈으로 에리코의 표정을 살피고 있었다.

에리코의 표정은 읽을 수 없지만, 조금 전까지 보였던 얼어붙은 듯한 경직됨은 이미 없다. 여느 때의 그녀답게 꾸밈없이 침착한 옆모습.

"자, 천천히 이야기를 들어보지. 밤은 기니까."

시즈코는 도발적으로 자기 잔에 와인을 따랐다.

"그렇다고 전화를 건 것이 나라고는 말하지 않았어요."

에리코는 이렇게 말하고, 주섬주섬 새로 사 온 담배를 꺼내더니 비닐을 뜯어냈다.

"그럼 누가 했다는 거야?"

츠카사가 원망스러운 눈빛으로 에리코를 쳐다보며 옆자리에 털썩 앉았다. 에리코와 친했던 만큼 배신당했다는 생각이 들 것이다. 그 얼굴에는 불만의 기색이 역력했다. 에리코는 무시하고 담배에 불을 붙였다.

"차례대로 말한다니까."

그 눈은 이미, 머릿속에서 이야기를 조립하고 있는 것처럼 보였다.

시즈코는 츠카사를 나무라듯 그녀의 잔에 와인을 따랐다.

"오늘 밤도 굉장하겠군."

츠카사는 부루퉁한 얼굴로 와인을 마셨다.

나오미가 전채요리를 들고 들어왔다. 큼직한 사기 냄비를 든 에이코가 그 뒤를 따라왔다.

"오늘은 도미전골이야."

에이코가 엄숙하게 선언하고, 여자들은 그 말에 응수하듯 감탄의 소리를 높였다. 하지만 이런 애매모호한 상황에서는 목소리에도 힘이 들어가지 않는다.

이건 정말 예상 밖의 전개라고 시즈코는 전채요리를 접시에 덜어 담으면서 생각했다.

모두 제각각 마실 것을 준비하고, 소곤소곤 대화를 나누면서 어쨌든 저녁 식사가 시작되었다. 모두들 에리코가 입을 열기를 기다리고 있었지만, 당사자인 에리코는 너무나도 차분하게 담배를 피우고 있었다.

골똘히 생각에 빠져 있는 에리코는 아름답다. 시즈코는 멍하니 이런 생각을 했다.

에리코에게는 어딘지 모르게 부러운 면이 있다. 나는 도저히 가질 수 없는 것이 있다. 본질적으로, 틀림없는 무언가를 가지고 있는 것 같다. 우리가 우회하고 길을 헤매고 있을 동안에, 어려움 없이 곧바로 목적지에 다다르고 마는, 그런 것.

시즈코는 문득, 자기가 남자였다면 이 여자를 좋아하게 되었으리라고 생각했다. 츠카사나 나오미도 미인이고 저마다 나름대로 매력이 있지만, 누군가에게 마음이 끌린다면 그 사람은 에리코일 것이라고.

츠카사도 나오미도 좋든 나쁘든 시게마츠 집안다운 점을 가지고 있다. 자기도 그 피를 이어받은 사람으로 시게마츠 집안다운 점을 무기로 생활을 꾸려가고는 있지만, 원래는 에리코와 닮은 부분이 자신의 본질이라는 것을 알고 있었던 것이다.

시즈코는 흥미진진한 눈으로 에리코를 다시 관찰했다.

무스 같은 것도 바르지 않은 찰랑찰랑한 생머리, 화장기 없는 얼굴, 항상 청바지에 남자 옷 같은 스웨터 차림의 날씬한 몸. 시즈코는 원래 일부러 남자 같은 복장을 하고 여자답지 않은 점을 강조하는 여자는 싫어하지만, 에리코의 경우는 본인에게 잘 어울리는 것이 싫지 않았다. 그녀에게는 이런 면이 어울리고, 게다가 아름답게 보이기까지 한다.

어제 집 앞 신사에서 담배를 피우고 있던 에리코를 떠올린다. 지금 같은 표정으로 우두커니 앉아 있던 에리코. 이름을 불렀을 때 멀뚱해하던 표정. 그때 그녀는 무슨 생각을 하고 있었을까? 자기가 앞으로 시작할 계획에 대해서 생각하고 있었던 걸까? 무슨 계획인지는 모르겠지만.

저 집, 들어가기만 하면 즐거운데 들어가기까지가 쉽지 않지?

그녀는 이런 내 말에 서슴없이 동의했다. 항상 그렇듯 담담한 말투로. 그 말에 뭔가 깊은 의미가 있었던 것일까? 도키코의 성(城)인 우구이스 저택과, 그곳에 모여든 창작을 직업으로 삼고 있는 혈연관계의 여자들. 스스럼없이 오가는 독설, 술과 음식, 푹신한 침대. 즐거운 동시에 질리기도 한다. 이도 저도 다, 모두가 떨쳐버리지 못하는 도키코의 그림자 때문이다. 도키코의 존재가 얼마나 컸던가? 깊은 감개와 희미한 피로감과 함께 절로 실감하게 된다. 딱히 무슨 이득이 있는 것도 아니고, 언제든 그만둘 수 있는데, 지금까지 이렇게 매년 모이고 있는 걸 보면, 그녀가 죽은 지 4년이 지난 지금까지도, 우리가 그녀의 지배하에 있음을 새삼 깨닫는다.

담배를 다 피운 에리코가 재떨이에 꽁초를 꾸욱 눌러 끄며 자리에서 일어났다.

모두가 에리코를 주목했다.

에리코는 부엌으로 가서 냉장고를 열고 캔 맥주를 가지고 돌아왔다.

"건배합시다!"

모두가 어안이 벙벙해져 서로의 얼굴을 쳐다보았다. 에리코는 아랑곳하지 않고 뚜껑을 딴 캔 맥주를 높이 치켜들면서 진지한 얼굴로 중얼거렸다.

"목요일 저녁을 위해. 시게마츠 도키코의 망령에 시달리는 여자들을 위해!"

"비아냥대는 거야?"

"당연한 말씀!"

석연치 않은 표정이면서도, 모두가 잔을 들었다. 에리코는 잽싸게 자리에 앉았다.

말없이 도미전골을 먹느라 몇 분이 지났다. 츠카사가 더는 못 기다리겠다는 얼굴로 에리코를 보고, 뒤이어 시즈코를 보았다.

시즈코는 보일 듯 말 듯 어깨를 으쓱거렸다. 츠카사가 참다 못해 입을 벌린 순간, 그것을 가로채듯 에리코가 이야기를 시작했다.

"다들 알다시피, 에이코 씨는 제외하고, 나는 도키코 씨와 피로 엮인 가족이 아니에요."

그 낭랑한 목소리에 다른 네 명은 오히려 잠잠해졌다.

에리코는 꿀꺽 맥주를 마셨다.

"내가 도키코 씨와 알고 지낸 건 3년도 안 돼요. 그것도 1년에 몇 번 이야기를 나누는 정도였지, 실제로는 기껏해야 며칠간의 만남이 전부라고 할 수 있겠죠."

에리코는 자기에게 말하고 있는 듯했다. 눈은 먼 곳을 바라보고 있다.

"물론 중간에 시즈코 씨라는 든든한 접착제는 있었지만, 도키코 씨 앞에 서면 항상 제삼자라는 느낌이 든 것도 사실이에요. 그걸 두고 이렇다 저렇다 말하려는 게 아니에요. 오히려 외부에서 관찰할 수 있어서 재미있었으니까."

어느새 모두 젓가락을 놓고 이야기에 빠져들고 있었다.

"그 사람…… 도키코 씨는 극채색 달 같은 사람이었어요. 결코 태양은 아니야. 그런 양성적인 타입이 아니었어요. 탐미적이고 환상적인 것을 한없이 사랑한 사람이었고. 하지만 대단한 인력(引力)을 가진 사람이었어요. 그것도 마이너스의 인력. 세상에 등을 돌린 세계의 주민이지만, 그러면서 정력적이고 화려하고 언변도 좋고. 그런 사람은 좀처럼 없을 거야. 게다가 도키코 씨

주변에 있는 사람들도, 전혀 다른 것처럼 보이지만 역시 도키코 씨와 같은 세계에 살고 있어서 재미있었어요."

"그거 우릴 두고 하는 말이야?"

츠카사가 물었다. 에리코는 꾸벅 머리를 끄덕였다.

"나는 솔직히 말해 츠카사를 비롯해 여러분 같은 도키코 씨의 팬이 아니에요. 도키코 씨의 소설은 훌륭하다고 생각하지만, 거기에 진심으로 공감하거나 빠져들지는 못해요. 하지만 마음 한편에서는 동경하고 있었어요. 나도 그런 세계를 이해하고 싶었다고나 할까? 나, 도키코 씨가 그런 식으로 갑자기 세상을 떠나고 난 후에야 그걸 알게 되었어요. 그게 매년 이렇게 모일 때마다 차츰 구체적인 모습을 띠게 되면서, 도키코 씨의 작품을 다시 한 번 읽기도 하고 그날의 일들을 다시 재현해보려고도 했고. 그래서…… 내가 아니라도 시즈코 씨나 에이코 씨 등 쓸 만한 사람은 얼마든지 있다고 생각하지만, 내 나름대로 도키코 씨와 도키코 씨를 둘러싼 사람들에 대해서, 논픽션도 아니고 에세이도 아닌 사적인 글을 쓰고 있는 중이에요."

모두 사이에 전류 같은 것이 흐르는 것을 느낄 수 있었다.

역시 말하고 싶지 않았어!

표면적으로는 평정을 가장하고 있었지만, 에리코는 마음속으로 혀를 차고 있었다. 자기들 이야기를 누군가가 글로 쓰고 있다고 생각하면 앞으로의 태도도 달라지고 말 것이다. 나오미의 눈빛에 '그런 방법이 있었다니!' 하는 표정이 어린 것을 보니 더더욱 후회되었다. 시게마츠 도키코에 대한 추억. 여기 있는 누구라도 쓸 수 있는 이야기다. 오히려 너무 가까이 있었던 탓에 깨닫지 못했을 뿐이리라. 아직 너무 생생한 기억인지라, 좀 더 시간이 지나면…… 이라는 생각을 하고 있었는지도 모른다. 너무나 그 존재가 컸기 때문에, 늘 곁에 있었던 에이코조차도 도키코에 대해 글을 써보자고는 생각도 못 한 것 같았다. 물론 에이코에게는 쓰고 싶지 않은 다른 이유가 있었던 것 같지만.

"저기 에리코! 그거, 다음에 꼭 보여줘."

에이코가 흥분을 억누르면서도 달뜬 목소리로 말했다.

에리코는 쓰게 웃었다.

"그게, 솔직히 에이코 씨의 사업이 될 만큼 대단한 건 아니에요. 정말 개인적인, 나를 위해 쓰는 것 같은 거라서요……."

"그러니까 보여달라고, 알았지? 약속했어!"

에이코가 더는 토를 달지 못하게 못을 박았다. 에리코의 얼굴이 일그러졌다.

그걸 쓰고 있다는 사실을 여기서 공표하게 될 줄은 꿈에도 생각하지 못했다. 애당초 전화가 들통나리라고는 예상하지 못했으니까. 역시 시즈코는 무시할 수 없다. 어떡하지? 구성도 시점도 일관성이 없는, 평전도 사소설도 아닌 그것을 에이코에게 보여줄 생각을 하니 식은땀이 흐른다.

하지만 에이코는 반드시 그걸 손에 넣고야 말 것이다. 이왕지사 이렇게 된 거, 빨리 보여주고 포기시키는 것이 나을까?

"그래서?"

츠카사는 다음 이야기가 더 궁금한 모양이다.

"그래서…… 도키코 씨의 소설을 다시 읽다 보니까 여기저기 마음에 걸리는 부분이 있는 거야. 특히 마지막 몇 년 동안의 작품이. 그래서 '밀어붙여' 보기로 한 거야."

에리코는 힘겹게 말했다.

"밀어붙여 봐?"

모두가 입을 모아 되물었다. 에리코는 눈을 감은 채 고개를 끄덕이고, 크게 숨을 들이쉰 후 작게 한숨을 쉬었다.

"그러니까 그게……."

에리코는 난처한 듯 손으로 머리를 긁었다.

"내 친구 중에 도키코 씨의 골수팬이 있어요. 대학 시절 친구인데, 극단을 이끌면서 시게마츠 도키코 작품의 오마주도 하고 있을 정도죠. 꽤 장난을 좋아하는 여잔데."

"뭔가 기분 나쁜 예감이 드는데."

츠카사가 와인을 들이켜면서 끼어들었다.

"여기까지 말하면 대강 추측은 될 거야. 그 친구에게 '후지시로 치히로' 역을 부탁했어. 그런데 그 친구, 지나치게 잘해준 거 있지. '후지시로 치히로' 이름으로 꽃을 보내달라고는 부탁했지만 그런 카드까지 써 보낼 줄은 몰랐어. '진짜로 또 다른 후지시로 치히로가 나타났나?' 하고 나까지 흠칫했다니까."

"자기, 그때 진짜 놀랐잖아."

"그렇게 해서 어젯밤 뜻밖의 전개가 이래저래 있었잖아요. 거기다 그런 것까지 발견하고 말았으니……."

츠카사와 에리코는 순간 공범자를 대하는 눈빛으로 얼굴을 마주 보았다.

에이코는 그것을 놓치지 않았다.

"그런 것이라니?"

"그러니까 그게……."

말을 얼버무리는 츠카사를 막으며 에리코가 끼어들었다.

"그래서 오늘은 한 번 더 시도해보자 결심한 거예요. 그 친구, 사실은 이 근처에 살고 있거든. 전부터 우구이스 저택이 도키코 씨의 집이란 걸 알고 있었대요. 이 집에 퇴창이 있잖아요. 저 검은 꽃병도 밖에서 몇 번인가 본 적이 있어서 알고 있었던 모양이에요. 내 휴대전화를 보여주고 싶지 않았던 건, 재다이얼 버튼을 누르면 그 친구 전화로 연결되기 때문이었어요. 확실히 조심스러운 친구는 아니라서, 괜히 쓸데없는 말까지 하면 곤란하다 싶어서. 변명은 이상!"

골탕 먹은 듯한 표정들이 테이블을 에워쌌다.

"그런데 왜 '후지시로 치히로'지?"

나오미가 소박한 의문을 던져왔다.

에리코는 냄비에서 순무와 튀김을 덜어내면서 나오미를 힐끔 보았다.

"나오미, 『나비가 사는 집』의 줄거리는?"

"응?"

나오미는 당황한 듯 눈을 깜빡였다.

"줄거리라고 해봤자, 특별히 줄거리다운 줄거리는 없잖아. 옛날 어느 집안 자매의 유아기부터 이어진 불화를 화려한 터치로 그리고 있는 이야기니까."

"그럼 그 전 작품인『신의 사과의 행방』은?"

"주인공이 배다른 남동생을 미궁 같은 마을에서 찾는 이야기지."

"그 전 작품인『비의 정원』은?"

"피서지에서 10대 형제가 주워온 여자아이를 자기들 맘대로 키운 이야기."

술술 요약해 보이는 나오미에게 에리코는 고개를 끄덕여 보였다.

"……모르겠어? 다 형제에게 살해당하거나 혹은 어떤 위해를 당하게 된다는 암시로 끝이 나는 이야기잖아."

에리코가 암시하듯 중얼거리자, 나오미가 깜짝 놀란 사람처럼 손으로 입을 막았다.

"도키코 씨가 원래 '혈연'을 테마로 한 작품을 많이 쓴다는 것은 잘 알려진 이야기야. 하지만 굳이 말하자면 전에는 부모 자식 관계가 주를 이뤘는데, 최근 몇 년 동안은 형제 관계로 바뀌었어. 그것도 한 핏줄인 형제에게 살해당한다는 플롯이 반복되고 있지. 그래서, 어제 시즈코 씨가 갑자기 '내가 죽였다'는 말을 꺼냈을 때 난 정말 놀랐어."

시즈코가 깜짝 놀란 얼굴로 에리코를 보았다.

"뭐야, 에리코! 그럼 처음부터 날 의심하고 있었단 말이야? 내가 도키코 언니를 죽였을지도 모른다고?"

"왜 그래요, 그런 말 한 게 아니잖아요? 다만 도키코 씨의 만년에 시즈코 씨와의 사이에 뭔가가 있었던 게 아닐까, 하는 생각을 했을 뿐이에요."

에리코는 달래듯 작게 손을 흔들었다.

"특히 마지막 작품인 『나비가 사는 집』은 그야말로 언니가 동생에게 살해당하는 이야기고. 왜 그럴까 생각했어요. 그래서 시즈코 씨에게 초점을 좁혀서 밀어붙여 볼 생각이었어요. 어제 이야기를 듣자니, 도키코 씨가 뭔가 망상을 키우고 있었던 것 같기도 하고."

시즈코는 크게 한숨을 쉬었다.

"어떻게 그렇게 아무렇지 않은 얼굴로 그런 생각을 할 수가 있어?"

"대단한 논픽션 작가시네!"

"무섭다~!"

모두 저마다 한 마디씩 불평한다. 에리코는 낭랑한 목소리로 웃었다.

"미안해요. 결과적으로 속인 셈이 된 건 사과할게. 다들 불쾌하게 생각했을 거야. 하지만 후회는 하지 않아요. 다들 겉으론 웃으면서 속으로는 엉큼한 생각을 하고 있는 상황은 더 이상 참고 있기 힘들고, 올해 안 했어도 언젠가는 다른 수단을 써서라도 어떤 행동이든 취했을 거라고 생각해. 그래도 올해 이렇게나 많은 '시게마츠 도키코 비화'가 밝혀지리라고는 진짜 생각도 못 했어요."

에리코는 모두의 얼굴을 빙 둘러보았다. 모두 에리코에게 감쪽같이 속았다는 사실에 화를 내고는 있었지만, 결과적으로 이 진행상황을 환영하고 있는 것은 분명했고, 마지못해 인정도 하고 있었다. 에리코의 솔직한 설명을 듣고 납득이 갔는지, 마침내 다들 속이 다 시원하다는 표정으로 스스럼없이 냄비에 매달리기 시작했다.

"저기 잠깐, 아직 이야기가 안 끝난 것 같은데? 난 잊지 않았어, 아까 자기들끼리 마주 보고 뭔가 주고받던 눈빛. '그런 것까지 발견하고 말았다'니, 무슨 말이야?"

에이코가 츠카사를 노려보았다. 츠카사가 흠칫 놀란다.

"그게, 그러니까……."

츠카사는 말을 더듬으면서 에리코의 얼굴을 보았다.

에리코는 가방에서 어젯밤 발견한 봉투를 꺼내 쓰윽 테이블 위로 밀어놓았다.

나오미가 깜짝 놀랐다. 자기 이름이 써진 것을 보고, 그것이 무엇인지 금방 알아차린 모양이다.

"이거…… 이거, 대체 어디 있었어?"

“미안, 나오미, 우리가 먼저 읽었어.”

에리코는 나오미에게 머리를 숙여 사과한 후, 어젯밤 늦게 있었던 일—츠카사의 기억을 계기로 하여 시작된 두 사람의 추리에서, 도키코의 편지를 액자 안에서 찾게 되기까지의 경위를 설명했다.

나오미가 편지를 읽고 당혹스러운 얼굴로 에리코를 보았다. 에리코는 무표정하게 나오미의 시선을 받았다.

편지는 에이코에게 건네지고, 다시 시즈코의 손에 건네졌다.

시즈코는 착 가라앉은 눈으로 도키코의 편지를 읽었다.

“역시.”

시즈코는 편지를 접고 가만히 테이블 위를 응시했다.

여자들은 그 표정을 지켜보고 있었다.

시즈코의 눈은 무언가를 생각하고 있었다. 할 말을 찾고 있는 것 같다.

“그때는 별생각 없이 말했는데……, 다시 말해야 할 것 같아. ‘내가 도키코 언니를 죽였다’고.”

시즈코의 날카로운 눈이 벽난로 위의 카사블랑카를 바라보았다.

이 사람은 적으로 만들고 싶지 않아.

에리코는 시즈코의 시선에 압도된 표정으로 생각했다.

시즈코는 진정한 어른이라, 자기의 적이나 싫어하는 사람에게 못되게 굴거나 노골적으로 싫은 태도를 보이지는 않는다. 그녀는 그런 무의미한 에너지는 쓰지 않는다. 그런 상대방을 자기 세계에서 싹둑 차단시킬 수 있는 사람이다.

자기와는 맞지 않는다, 이 사람과는 어울리고 싶지 않다, 그렇게 생각한 순간 모든 것을 잘라버리고 만다. 에리코는 몇 번인가 그런 순간을 목격한 적이 있는데, 부디 자기가 그런 순간을 맞이할 일은 없게 해달라고 가슴에 십자가를 긋고 싶을 정도로 무서운 것이었다.

시즈코는 지금 뭔가를 생각하고 있다. 도키코에 관한 것이 아니다. 다른 뭔가에 마음을 빼앗기고 있는 것이다. 도키코의 죽음에 대해 모두의 의혹을 받고 있는 지금 상황에서, 도대체 어디에 정신을 팔고 있는 것일까?

"내가 도키코 언니를…… 막다른 길로 몰아붙였던 것 같아."

시즈코는 카사블랑카를 응시한 채 불쑥 이렇게 말했다.

나오미가 시즈코의 잔에 와인을 따랐다.

"나, 그 사람은 천재라고 생각했어. 다들 그렇게 생각했겠지만, 나는 어릴 때부터 그 사실을 온몸으로 느끼면서 살아왔어."

시즈코는 독백처럼 말했다.

"처음부터 나와는 다른 사람이라고. 처음부터 모든 것을 다 가진 사람이라고. 내가 아무리 노력을 한다고 해도 따라갈 수 없다는 걸 알고 있었어. 언니도 그걸 알고 있었고. 그래서 사춘기에는 나름대로 고민도 많이 했지. 숭배하기도 하고 질투하기도 하고 거부하기도 하고. 하지만 흔들리지 않았던 건 그녀가 천재라는 확신."

시즈코는 힐끔힐끔 카사블랑카를 보았다.

왜일까? 아까부터 시즈코는 저 꽃에 정신이 팔려 있는 것처럼 보인다. 에리코는 그것이 마음에 걸렸지만, 이유는 알 수 없었다.

"그런 언니가 추락하기 시작한다는 사실을 난 처음부터 알고 있었어. 그녀가 글을 쓸 수 없게 되었다……. 내가 천재라고 믿었던 그녀가. 뿐만 아니라 누군가가 자기 문장에 손대는 것을 눈감아주고, 자기가 더 이상 쓸 수 없게 된 것을 인정하려 들지 않게 되었다……. 놀랍더군. 충격과 동시에 불같은 분노를 느꼈어."

시즈코의 눈빛이 순간 흔들리는 것 같았다. 시즈코의 분노. 생각만 해도 무섭다.

"여러분도 알잖아? 아직 여러분은 젊으니까 괜찮지만, 그런 대가가 되고 나면 누구도 진실을 말해주지 않게 돼. 아무도 정면에 대고 비판을 할 수 없게 된다고. 만나는 사람마다 입에 발린 소리밖에 할 줄 몰라. 일을 하려는 사람은 민감해서, 상대방이 듣는 귀를 가진 사람인지 아닌지 금방 구별해내지. 이 사람은 무슨 말을 해도 안 듣겠다 싶으면, 아예 입을 다물어버려. 안 그래도 좁은 세계에 갇혀 살던 도키코 언니는, 서둘러 자기를 지킬 망상의 성을 쌓기 시작했어. 난 그걸 도저히 참을 수가 없었어. 하필 도키코 언니가. 다들 알고 있겠지만, 도키코 언니의 글을 읽는 역량은 대단했어. 그런 현학적인 소설을 썼기 때문에 모두 오해했을지 모르지만, 본인은 아주 논리적인 사람이었고 말이야. 천재적 기질을 가지고 있었지만, 자기 소설도 아주 엄격하게 퇴고를 거듭했던 사람이었어. 그런 자신의 엄격한 비평가로서의 안목과 까다로운 기호를 누구보다도 믿었던 그 사람이, 그런 초라하고 꼴사나운 자기 모습을 알아차리지 못하다니."

시즈코의 옥죈 목소리의 박력에 모두 마른침을 삼키고 이야기에 집중하고 있었다.

"그래서요?"

츠카사가 갈라진 목소리로 물었다.

"처음에는 직접 대놓고 비판했어. 도키코 언니는 나를 믿고 있었으니까, 내 말을 들어줄지 어떨지 확인해보고 싶었거든."

시즈코는 담담하게 말을 하다 말고 잠시 간격을 두더니, 그때의 상황을 회상이라도 하는 듯 설레설레 고개를 저었다.

"……그런데 아니었어. 이미 그녀는 자신이 구축한 망상의 성에 갇혀 있었던 거야. 그때 내가 얼마나 심하게 화를 냈는지 몰라. 그렇게 화를 낸 게 언제였는지 기억도 안 날 정도였으니까."

시즈코의 눈에 얼음 같은 분노가 차갑게 맺혀 있었다.

모두의 얼굴에 아연실색해하는 표정이 번지고, 테이블 위에는 서먹서먹한 공백이 생겼다.

수증기가 피어오르고 있는 큼직한 냄비 속의 순무가 유독 선명하게 눈길을 끈다.

시즈코는 작게 웃었다.

"왜 그래? 다들 그렇게 굳어버리면 어떡해? 마시고, 먹어. 그러니까 말하기가 어렵잖아."

직접 전채를 접시에 덜어 담고, 와인을 마신다. 다른 사람도 덩달아 술을 마시고 음식을 먹었다. 하지만 귀는 시즈코의 다음 이야기를 기다리고 있었다.

"그런 일로 물러설 내가 아니지. 그래서 난, 무슨 일이 있어도 그녀의 망상의 성을 무너뜨리고 말겠다고 결심했어."

시즈코는 와인 잔을 들여다보면서 혼잣말처럼 중얼거렸다.

"어떻게?"

나오미가 마치 실수로 말이 나오고 말았다는 듯이 물었다. 시즈코는 자조하듯 입술을 일그러뜨렸다.

"도키코 언니를 주인공으로 한 소설을 써서 정기적으로 언니한테 보냈어."

모두 깜짝 놀란 표정으로 허리를 곧추세웠다.

"혹시 그거……?"

에리코가 말끝을 흐렸다. 시즈코는 눈을 감고 고개를 끄덕였다.

"그래. 도키코 언니가 얼마나 초라한 상태에 있는지 아주 자세하게 묘사했어. 그녀의 심리상태도 면밀하게 말이야."

"전혀 몰랐어."

에이코가 기가 막히다는 표정으로 낮게 말했다.

"틀림없이 읽고 버렸을 테니까. 아마 읽은 건 처음 한 번뿐이었을 거야. 다음부터는 봉투도 안 뜯어보고 버렸다고 하니까. 그래도 난 집요하게 계속 보냈어. 지금 생각하면, 후반의 대부분은 내 화를 진정시키기 위해 쓴 게 아니었을까 싶어."

시즈코는 어렴풋이 자기혐오의 빛을 내비쳤지만, 앞머리를 거칠게 뒤로 넘김으로써 그것을 떨쳐버린 것처럼 보였다.

"무섭다~, 정말! 그래도 읽어보고 싶은데, 그거 보여주면 안 돼요?"

츠카사가 창백하지만 호기심 가득 찬 얼굴로 물었다. 시즈코는 쓴웃음을 지으며 고개를 저었다.

"안 돼. 이미 없앴거든. 그건 도키코 언니만을 위한 소설이었으니까. 아아, 싫다! 말하고 나니까 왠지 우울해지네. 나란 여자 참 잔인한 여자지? 그 소설 쓸 때를 생각하면 나도 끔찍해. 그래도 그만둘 수 없었어. 그 정도로 화가 났었거든. ……지금까지 믿어왔던 것, 줄곧 부러워했던 모든 것이 부정당한 것 같아서. 지금 생각하면 내가 참 바보 같은 짓을 했다 싶지만. 하지만 아까 한 에리코의 지적대로라면, 도키코 언니도 내 말을 무시하면서도 나름대로 위압감을 느꼈단 말이지……. 그렇다면 역시 언니를 죽인 건 나라는 결론이 되는 거네?"

얼마나 신랄하고 예리한 문장이었을까?

에리코는 시즈코가 쓴, 자신의 모습이 리얼하게 묘사된 소설을 받아보는 상황을 상상해보고는, 마음이 얼어붙는 것 같은 기분이 들었다. 도키코도 상당한 충격을 받았을 것이 틀림없다. 도키코를 속속들이 다 아는, 총명하고 통찰력이 뛰어난 여자의 묘사다.

틀림없이, 나는 머잖아 시즈코에게 살해당할 겁니다.

도키코의 흐트러진 필적이 눈에 선하다.

무섭다……. 무서울 것이다, 시즈코가 정면으로 도발해온다면. 도키코가 형제에 대한 강박관념에 사로잡혔던 것도 무리는 아니다. 만일 내가 같은 일을 당했다면 견딜 수 있었을까?

"……증거는 없잖아요."

나오미가 툭 내뱉듯 말했다. 모두가 나오미를 보았다.

"결국 다시 제자리네요. 시즈코 씨가 보냈다는 소설, 도키코 씨를 죽음으로 내몰았다는 소설을 본 사람은 아무도 없고, 그건 곧 존재하지 않는 거나 마찬가지. 시즈코 씨 때문이라는 증거도 없잖아요."

"어머나!"

정색을 하고 나서는 나오미를, 시즈코가 재미있다는 눈길로 보았다.

"어제의 복수인가? 그래, 어쩌면 이것도 내 망상일지 모르지. 어쨌든 우리는 망상적인 인간들 아니겠어?"

에이코가 긴 한숨을 쉬었다.

"못 말리겠다, 정말! 부탁이니까, 뭐든 처분하기 전에 나한테 먼저 보여줘, 알았어?"

그녀의 말투가 너무나 절실해서, 츠카사가 저도 모르게 피식 웃고 말았다.

"하긴……, 우리는 글쟁이니까. 무엇을 하든 결국은 글을 쓰는 것만이 마음을 승화시킬 수 있는 유일한 길이지."

"숙명적인 직업이다, 정말."

"편집자인 에이코 씨도 마찬가지죠."

이 밤이 시작되고 나서 처음으로 객실에 안도의 웃음이 번졌다.

"만족했어, 에리코?"

야유하는 듯한 눈빛으로 시즈코가 물었다. 에리코는 이맛살을 찌푸렸다.

"네, 충분히. 저의 미숙함을 뼈저리게 깨달았습니다."

시즈코가 쿡쿡 웃었다.

사실은 시즈코가 만들어낸 이야기가 아닐까?

에리코는 시즈코의 얼굴을 보면서 생각했다. 지금의 이야기가 참이든 거짓이든, 그녀는 우리보다 한 수, 아니 두 수 위고, 나는 그녀에게 진 것이다.

목요일 밤 · 3

"있잖아 나, 요즘 새로운 법칙을 발견했다!"

시즈코의 이야기가 끝나고 화기애애한 파티 분위기가 감돌기 시작하자마자 여기저기서 술기운이 돌기 시작했다.

다들 흐리멍덩한 눈빛으로 자연스럽게 속된 이야기로 방향을 틀었다.

"뭐, 무슨 법칙?"

나오미가 묻자, 옆에서 에리코가 끼어들었다.

"남자겠지. 츠카사의 법칙, 꽤 잘 맞는 편이야."

"나, 지난주에 선을 봤는데 말이야."

"뭐, 또오~? 츠카사네 어머니도 정말 끈질기시다!"

"맞아. 요즘엔 완전히 연중행사 중 하나라니까."

"부럽다, 아직도 선이 들어오다니. 우리 집에서는 진작 포기했는데."

"에리코는 노부오 씨가 있으니까 그렇지."

"끝났다니까!"

"거짓말! 만날 끝났다면서 계속 만나고 있잖아?"

"걸고넘어지지 좀 마!"

"그래서 상대는?"

에이코가 술이 아닌 녹차를 마시면서 물었다.

"모 유명 손해보험사 본사의 상품개발부 과장. 나이는 서른여섯 살."

"흠흠, 괜찮은데! 확실하네 뭐. 그런 확실한 남자를 츠카사한테 소개한 사람도 용기 있다, 정말."

"가시가 있는데, 지금 한 말?"

"생각해봐, 상대는 츠카사라고. 츠카사한테 그런 엄청 보수적인 남자를 들이대다니. 처음부터 의욕이 없었던 거 아냐, 그 뚜쟁이?"

"어머! 나는 츠카사가 보수적이라고 생각하는데?"

시즈코가 끼어들었다. 츠카사가 크게 주억거렸다.

"맞아, 맞아! 치과기공사에 순수문학 작가. 이렇게 확실한 여자가 어디 있겠어?"

"확실한 여자라……. 듣고 보니까 확실히 성실하게 인생을 살아가는 여자 같네."

"그래서 어떻게 됐어?"

나오미는 그것이 더 궁금한 모양이었다. 츠카사는 위스키 잔을 흔들면서 잠시 생각에 잠겼다.

"의외로 겉보기에는 괜찮았어. 옷 입는 것도 좋았고, 말쑥하고, 머리도 좋아 보이고."

"흐음."

"그런데 반대로 너무 소탈하다고 할까, 이상하게 듣기 좋은 소리만 하는 거야. 집안일도 잘하고 요리도 잘한다는 거 있지. 일하는 독신 여자의 급소를 너무 잘 알고 있다는 느낌. 왜, 『아에라』• 같은 잡지를 정기 구독할 것 같은 타입있지?"

"그 사람, 혼자 산대?"

"아니, 부모님이랑."

"좀 수상한데……?"

"대기업 손해보험사라면 돈도 잘 벌 테고 여자들도 쌔고 쌨을 테고, 겉보기에 잘났고 집안일도 잘한다면서, 왜 지금까지 결혼 안 했대? 여자들이 가만 놔뒀을 리 없을 텐데."

"그렇지? 나도 그런 생각이 들어서 은근히 물어봤어."

"그랬더니 뭐래?"

"자기하고는 다른 세계의 여자를 찾고 있었다는 거야."

에리코가 기가 막히다는 표정을 지었다.

"다르긴 다르지. 나하고 츠카사도 전혀 세계가 다른데, 그 사람하고 츠카사라면 다른 별에 사는 것만큼 다르지 않겠어?"

•AERA, 아사히신문사에서 출간하는 남성 시사주간지. 독자층은 30~50대.

"자꾸 그럴 거야?"

츠카사는 사사건건 시비를 거는 에리코를 때리는 시늉을 했다. 시즈코가 얼굴을 찌푸렸다.

"새로운 법칙은 언제 나오는데?"

"그래서 내가 물었지, 제일 잘하는 요리가 뭐냐고."

츠카사가 올리브를 집어 들었다.

"그랬더니 뭐래?"

"글쎄 토마토 가지 스파게티라는 거야."

츠카사는 어깨를 으쓱해 보이더니 양손을 벌렸다.

"그게 어때서, 맛있겠는데?"

나오미가 이상하다는 표정으로 묻자, 츠카사는 무슨 소리냐며 테이블을 탕 쳤다.

"말도 안 돼! 내 경험으로 보건대, 잘하는 요리에 토마토가 들어가는 요리를 말하는 남자는 위험해. 특히 토마토 가지 스파게티는 절대 안 돼. 위험도가 넘버원이거든."

"왜?"

"혹시 그게 법칙이라는 거야?"

미심쩍다는 표정의 여자들을 향해, 츠카사는 자신만만하게 고개를 끄덕여 보였다.

"그래. 확신해!"

"무슨 근거로?"

"카레나 야키소바라고 대답하는 것보다는 훨씬 낫잖아?"

모두가 이의를 제기하자, 츠카사는 살래살래 고개를 저었다.

"정말 모르네~. 카레나 야키소바 정도는 귀여운 축에 속하지. 상대의 레벨이 운동부 합숙 정도구나, 하고 금방 상상이 가니까. 하지만 토마토 가지 스파게티라고 하면 딱 속기 좋아. 어쩐지 요리를 잘할 것 같은 느낌이 들잖아. 하지만 그래 봤자 스파게티라고. 확실히 파스타를 잘 삶기가 어렵긴 하지만, 이탈리아에선 누구나 만들어 먹는 음식이야. 면 삶아서 소스 붓고 섞기만 하면 되는 거잖아. 그걸 가지고 잘난 척하는 놈은 사실은 그것밖에 할 줄 아는 게 없는 놈일 확률이 높다는 말씀이야. 거기다 토마토와 가지 하면 색상도 곱겠다, 완성하면 만족감도 높겠다 하니까 무슨 대단한 요리를 한 것 같은 착각이 들지. 자고로 진짜 요리를 잘한다면 절대 그런 메뉴를 자랑삼아 내놓진 않을 거라고, 안그래? 매일 식단을 짜서 요리를 하는 사람이라면, 이거다 하는 메뉴를 말하기 힘들지. 나는 여자라도, '잘하는 요리는 비프 스트로가노프•예요!'라고 딱 잘라 말하는 여자한텐 '너 그거밖에 할 줄 모르지?'라고 묻고 싶어져. 그러니까 토마토 가지 운운하는 놈은 그것밖에 할 줄 모르면서 자기는 요리를 잘한다는 환상에 빠지기 쉽지. 내 말인 즉슨, 잘하는 요리로 이것을 꼽는 사람은 자기자신을 과대평가하는 사람일 확률이 높다는 많다는 말씀!"

•러시아의 대표적인 요리로, 쇠고기, 양파, 버섯을 얇게 썰어 버터에 볶은 후에 크림소스와 함께 끓인 것.

츠카사의 열변에 모두 입을 딱 벌리고 말았다. 시즈코가 입을 열었다.

"그거 왠지 비가 오면 우산장수가 돈을 번다, 뭐 그런 법칙 아냐?"

에리코가 팔짱을 끼며 중얼거렸다.

"어쩜 일리가 있을지도……."

츠카사가 기세를 더해 이야기를 계속했다.

"생각해봐, 싫지 않겠어? 난 집안일도 합니다, 요리도 잘합니다, 해놓고 아침에 쓰레기 버리고 가끔 욕실 청소하고, 아주 가끔 토마토 가지 스파게티를 만들어주는 것뿐. 그러면서 나는 아내와 집안일을 분담하고 있습니다! 그렇게 생색낸다면 말이야."

"그거야 그렇지."

"그럴 바에는 처음부터 못한다고 하는 게 낫지."

"그렇지?"

"츠카사는 가사를 분담하고 싶어?"

"아니! 아마 나는 내 스타일이 아니면 못 참을 테니까, 부엌이며 쓰레기 분리수거며, 남편한테 맡기는 일은 없을거야."

"그렇다면 그 남자라도 상관없잖아."

"싫어. 자기는 여자를 외조하는 신세대 남자라고 착각하고 있는 그 마인드가 싫어."

"어쨌든 이번에도 꽝이란 말이네, 뭐!"

"아주머니도 참 안됐다!"

"괜찮아, 연중행사니까."

츠카사는 생각할수록 화가 나는지 분해 죽겠다는 듯 잔을 비웠다.

"차기작은 결정됐네. 『스파게티를 만드는 남자』."

"자기는 아내를 돕는 좋은 남편이라고 믿고 있는 남자. 그 둔감함에 스트레스가 쌓여가는 맞벌이 아내. 남자는 휴일이 되면 18번 요리인 토마토 가지 스파게티를 만들지. 아아, 나는 참 좋은 남편이야! 자화자찬하는 남편의 등 뒤에서 미칠 듯 화가 난 아내의 손에 쥐여진 칼날이 번득인다. 라스트신은 바닥에 흩어진 껍질 벗겨진 흐물흐물한 토마토."

"순수문학이군."

"어디가?"

"갑자기 스파게티가 먹고 싶어지는걸!"

여자들은 서로 마주 보았다. 갑자기 허기가 밀려왔다.

"……만들어 먹을까?"

"식품 선반 어디에서 로열 호텔의 미트소스 통조림을 본 것 같은데."

"야식으로는 역시 면이 최고지."

"칼로리가 엄청 높을 텐데."

에이코가 일어서려는 걸 여자들이 말렸다.

"됐어요, 이 정도는 우리가 할게요."

우르르, 나오미와 츠카사와 에리코가 한꺼번에 부엌으로 몰려갔다.

"냄비, 냄비!"

"면 굵기는 어떡해? 난 가는 게 좋은데."

"그래? 그래도 난 실국수 같은 건 싫더라. 그건 아무리 봐도 스파게티가 아니라 국수 같잖아. 큰맘 먹고 이탈리안 요리를 먹어보겠다는데, 국수는 좀 그렇잖아?"

"미트소스 통조림은?"

"분명 여기 어디 있었는데……."

다들 거나하게 취해 있어선지, 상대방의 이야기는 듣지도 않고 각자 자기 할 말만 주절거리며 부엌을 휘젓고 다닌다.

식품 선반에는 에이코의 요리 취미를 과시하기라도 하듯, 뜯지도 않은 양념 통들과 홍차, 통조림과 건조식품들이 즐비하게 늘어서 있다. 정연하게 줄지어 있는 통조림에는 비싼 수입품도 적잖게 포함되어 있었다.

"여기 있다! 이거야."

츠카사가 통조림을 꺼냈다. 일류 요리사를 자랑하는 고급 호텔 이름이 새겨진 세련된 통조림이다.

"한 사람 앞에 하나면 될까?"

"후추를 듬뿍 쳐줘."

"레드와인 남은 걸 넣고 끓이면 맛있을 텐데."

셋은 발갛게 달아오른 얼굴로 나란히 서서, 캔 뚜껑을 따면서 차례차례 냄비 속에 미트소스를 부었다.

그때 에리코는 약간 신 냄새가 나는 것을 느꼈다.

상했나?

"파스타 잘 부탁해. 타이머 세팅했어?"

마시다 남은 레드와인을 냄비에 붓고, 츠카사가 미트소스를 젓기 시작했다. 와인 향기가 사방으로 퍼진다.

설마, 통조림이 상했을라고.

에리코는 보글보글 끓기 시작한 냄비 속을 응시했다.

"난리가 났네. 거기 있는 행주 좀 줄래?"

시즈코가 웃으면서 부엌으로 들어왔다가, 그 순간 얼핏 눈썹을 찡그렸다.

"……뭐야, 이 냄새는?"

코를 킁킁거린다.

"응? 양념은 아무것도 안 넣었는데. 어디어디, 맛 좀 보고."

미트소스가 든 냄비를 젓고 있던 츠카사가 국자로 떠올린 소스를 손가락으로 찍어 날름 핥아먹었다.

"어라? 좀 쓴 거 같아."

천장을 노려보며 얼굴을 찌푸렸다.

그 순간, 시즈코의 안색이 변했다.

"츠카사, 입을 헹궈, 빨리!"

"네?"

츠카사는 빠끔 입을 벌린 채다.

"빨리 입을 헹구라니까! 삼키면 안 돼!"

시즈코는 츠카사에게 달려가 싱크대로 그녀를 잡아끌더니, 세차게 수도꼭지를 틀었다. 츠카사는 넋이 나간 채, 시즈코의 위엄에 눌려서 허겁지겁 여러 차례 입 안을 헹궜다.

시즈코는 이번에는 냄비 쪽으로 달려와 불을 끄고, 머뭇머뭇 얼굴을 냄비에 대고 냄새를 맡았다.

그러는 동안, 무슨 일이 일어난 건지 짐작도 못 하고 에리코와 나오미는 멍하니 서 있었다.

파스타를 삶기 위해 불에 올려둔 냄비 안의 물이 부글부글 끓고 있었다.

"무슨 일 있어?"

에이코도 부엌으로 들어왔다. 좁은 부엌에 수증기와 미트소스 냄새가 가득했다. 부엌에 서 있는 다섯 여자.

에리코는 왠지 웃고 싶어졌다. 이런 장면, 옛날 슬랩스틱 코미디에서 본 것 같군. 좁디좁은 방으로 사람들이 하나 둘 계속 들어와서 방 안이 꼼짝도 못 하게 가득 차버린 이야기.

"츠카사, 괜찮아? 아무렇지 않아? 기분은?"

시즈코는 빠른 어조로 연이어 질문을 퍼부었지만, 츠카사는 여전히 멍한 표정으로 횡설수설 대답했다.

"아, 예. 뭐 딱히 이상한 건 없는데……."

"대체 무슨 일이에요? 혹시, 이 미트소스에?"

서서히 사태파악이 된 에리코와 나오미는 두려운 표정으로 냄비를 쳐다보았다.

"소스가 들어 있던 캔은 어디 있어?"

시즈코는 진지한 표정으로 부엌 안을 돌아보았다. 나오미가 머뭇머뭇 쓰레기통을 가리켰다. 시즈코는 재빠르게 키친타월을 한 장 뜯어내더니, 쓰레기통 뚜껑을 열고 잠시 조심스럽게 냄새를 맡아본 후 빈 캔을 키친타월로 집어 들었다. 모두가 조심조심 모여들어 시즈코의 손을 들여다봤다.

시즈코는 캔의 뚜껑을 잡고 천천히 뒤집었다.

둥그런 금속판이 캔 밑바닥의 정중앙에 덧붙여져 있었다.

"역시."

시즈코는 낮게 중얼거렸다.

"누군가 통조림에 세공이라도 했단 말이에요?"

에리코가 믿지 못하겠다는 목소리로 물었다. 그 물음에는 대답하지 않고, 시즈코는 다른 세 개의 통조림을 꺼냈다. 바닥에 세공을 한 통조림은 하나가 더 있었다.

"전부 넣은 건 아닌 것 같군."

시즈코는 그나마 안심이라는 목소리로 말하고 일어섰다.

"에이코 씨, 이 통조림은 언제부터 여기 있었어요?"

에이코를 돌아보며 물었다.

"글쎄……, 꽤 오래전부터일 거야. 나는 내가 직접 만든 미트소스만 먹으니까, 아마도 도키코가 선물로 받은 것 같은데."

에이코가 자신 없는 목소리로 대답했다.

"그렇죠, 에이코 씨는 직접 만들어 먹으니까……. 그렇다면."

시즈코는 생각에 잠긴 표정이다.

"아까 미트소스를 먹자고 한 사람, 누구였지?"

나오미가 툭 내뱉듯 묻자, 에리코가 깜짝 놀란 표정으로 얼굴을 들었다.

"나. 내가 먹자곤 했지만, 츠카사가 그런 얘기를 안 했으면 그런 생각도 못 했을 거고, 츠카사가 스파게티 이야기를 할 거라곤 아무도 예상하지 못했잖아."

창백해진 얼굴로 황급히 주장했다.

"……그렇지. 이 통조림을 사용하려면, 대식가 손님이 몇 명이나 왔을 때겠지. 그리고 에이코 씨의 요리가 다 떨어졌을 때. 예를 들면, 우리가 오늘 밤 이렇게 한 것처럼."

시즈코가 냉정한 얼굴로 중얼거렸다.

"그 말은?"

츠카사가 나직하게 물었다. 시즈코는 무서운 표정으로 모두를 돌아보았다.

"그 말은, 즉 이것은 우리를 노린 거란 말이야. 우리를 노리고, 도키코 언니가 살아 있을 때 독을 넣어두었던 거야."

얼음 같은 침묵이 내려앉았다.

깊은 밤 부엌에서, 다섯 여자는 창백해진 얼굴로 멍하니 서로의 얼굴을 뚫어져라 바라보고 있었다.

목요일 밤 · 4

"저기, 여기 이렇게 서 있다고 뾰족한 수가 생기는 것도 아니잖아? 일단 저쪽으로 가는 게 어때?"

츠카사가 두 손을 들고 말했다.

모두 퍼뜩 정신이 든 얼굴이 되었다.

"냄비는 어떡해?"

에리코가 팔짱을 낀 채 레인지 위의 미트소스가 든 냄비를 턱짓으로 가리키자, 츠카사가 명쾌하게 대답했다.

"우선은 뚜껑을 덮어두면 괜찮겠지. 식욕이 완전히 도망가버렸어. 지금은 도저히 만질 기분이 아니야."

"이 캔은 따로 비닐에 넣어둬야겠어."

시즈코는 쓰레기통에서 꺼낸 빈 미트소스 캔을 슈퍼 비닐봉지에 넣고 단단히 묶었다.

"이런 경우, 어떻게 해야 하지? 보건소에 신고를 해야 하나?"

나오미가 심각한 얼굴로 물었다. 츠카사가 입술을 일그러뜨렸다.

"뭐라고 설명할 건데? 시게마츠 도키코가 우리를 죽이기 위해서 생전에 독을 넣어놓았다고 말해?"

"하지만 우리 같은 서민이 맘대로 독극물을 처리하는 것도 무섭잖아. 음식쓰레기로 내놓기도 무섭고, 마당에 묻는 것도 그렇고. 냄비도 그렇고 저을 때 썼던 국자도, 앞으로 계속 써도 되는지 어떤지 모르잖아."

"그건 그렇네."

"하지만 아직 진짜 독극물이 들어 있었는지도 확실하지 않잖아. 도키코 씨가 장난친 건지도 모르고. 식초 같은 걸 넣었을지도."

"애써 구멍까지 뚫어가면서?"

"날이 밝으면 이 근처에 돌아다니는 고양이한테 먹여볼까?"

"너무 잔인해!"

갑자기 다들 입을 열어 한 마디씩 하는 통에, 에이코가 이마에 손을 짚으며 저지했다.

"자자, 내일 생각하도록 해. 일단 여기는 이대로 두고 커피라도."

"이미 '내일'이 아니라 '오늘'이네요."

시즈코가 손목시계를 보고 중얼거렸다. 시곗바늘은 어느새 자정을 지나고 있었다.

"맙소사!"

여자들은 지친 얼굴로 줄줄이 객실로 이동했다. 테이블 위에 펼쳐진 파티의 흔적이 피로를 더욱 가중시켰다.

"테이블 위라도 말끔히 좀 치우자."

"그래."

"싱크대 안에 가져다 놓기만 해."

에이코가 커피밀에 원두를 넣으면서 말했다. 여자들은 천천히 접시와 잔들을 치웠다. 쿠왕! 하는 시끄러운 커피밀 소리가 피로감을 부채질했다.

"우와. 진짜 기분 더러워!"

츠카사가 얼굴을 찡그리며 북북 머리를 긁었다.

"최후의 순간에 언니한테 복수당한 느낌이야."

시즈코가 벽난로 앞에 서서 차가운 미소를 지으며 말했다.

"우리가 욕을 너무 많이 해서 그랬나?"

에리코가 중얼거렸다.

"저기 어디서 메롱! 하고 있는 거 아닐까?"

"하지 마!"

나오미가 소름이 끼쳤는지 두 팔을 감쌌다.

은은한 커피 향기가 퍼졌다.

"잠이 다 깨네."

에리코가 턱을 괴며 말했다. 에이코가 큼직한 쟁반에 머그잔을 올려들고 왔다.

"그 원두는 괜찮겠죠? 다 떨어져서 옛날에 사뒀던 거나 뭐, 그런 건 아니죠?"

"걱정 마, 사 온 지 얼마 안 된 거니까."

츠카사의 의심 많은 시선에 에이코가 쓴웃음을 지으며 대답했다.

"독……, 독은 정말 싫어. 일상생활 속에서 바로 손이 닿을 곳에 있으면서, 사람을 의심투성이로 만드는 아주 음흉한 무기라고."

츠카사가 분해 죽겠다는 듯 중얼거리며 얼굴을 문질렀다.

"맞아."

시즈코는 짧게 대답하고는 선 채로 담배에 불을 붙였다.

덩달아 에리코도 담배를 꺼내들었다. 시즈코가 라이터를 에리코에게 내밀었고, 에리코는 고개를 내밀어 자기 담배에 불을 붙였다. 둘이서 나란히 천천히 숨을 내뱉는다.

"도키코 씨는 우리 모두를 증오했던 게 분명해. 무차별적으로 노릴 만큼."

에리코가 메마른 목소리로 말했다. 시즈코는 정면을 노려본 채 담배를 물었다.

"그만큼 절박한 상태에 몰려서 정상궤도를 벗어났다고도 할 수 있지."

"그래, 맞아."

나오미가 갈색 병에 든 우유를 천천히 자기 컵에 따랐다.

"도키코 씨는 언제 독을 넣었을까?"

"아마도 그 마지막 모임 직전쯤이 아닐까?"

"끔찍해. 벌써 옛날에 먹었을 수도 있었잖아!"

소곤소곤, 주위를 경계하기라도 하는 것처럼 대화는 계속되었다. 마치 어디선가 도키코가 귀를 기울이고 있기라도 하는 것처럼.

"하지만, 그렇다면 뭐야?"

문득 생각이 난 듯 에리코가 모두의 얼굴을 돌아보았다.

"도키코 씨는 우리까지 길동무로 데리고 가려던 거였어? 자기도 자살하고, 우리까지도……. 그럴 생각이었단 말이야? 말도 안 돼, 좀 이상하지 않아?"

에리코는 관자놀이를 누르면서 담배를 재떨이에 비벼 껐다.

"뭐가 이상해? 이상할 것 없잖아. 죽으려면 다 같이, 너도 죽이고 나도 죽겠다. 흔히 있는 패턴이잖아."

츠카사가 커피를 한 모금 마셨다.

"이상해. 도키코 씨가 죽기 전에 한 모든 행동이."

에리코는 생각에 잠긴다.

"뭐야, 또 처음부터 다시 시작하는 거야? 어제도 '시게마츠 도키코 살인 사건'에 대해 충분히 얘기했잖아. 그래서 결국 자살이었다고 결론도 내렸고."

츠카사가 불만스러운 목소리로 따지듯 말했다. 나오미는 무표정하게 에리코를 바라보았다. 에이코는 머그잔을 두 손으로 감싼 채 눈을 감고 있다.

에리코는 츠카사의 말 같은 건 귀에 들어오지도 않는다는 듯

골똘히 생각에 잠겨 있었다. 그 눈은 흑요석처럼 반짝반짝 빛나고 있다. 맹렬한 기세로 사고활동이 진행되고 있음을 보여주고 있는 것이다. 모두 지치긴 했지만, 그래도 에리코의 말을 기다리고 있었다. 왠지 기다리지 않으면 안될 것 같은 진지한 표정이 그녀의 얼굴에 어려 있었기 때문이다.

"……유서야."

마침내 에리코가 입을 열었다.

"뭐?"

츠카사가 되물었다. 에리코는 자신 있게 고개를 들었다.

"그 도키코 씨의 유서만 이상해. 그 유서만이 모순이야."

"모순이라니……, 그건 분명 도키코의 필적이었어."

에이코가 이제 와서 무슨 소리냐는 표정으로 눈을 떴다.

"필적은 그랬죠."

에리코는 정면으로 에이코를 보았다. 에이코는 놀란 토끼처럼 눈을 크게 떴다.

"도키코 씨는 피해망상에 빠져 있었어요. 그건 확실하죠? 모두의 증언도 있으니까. 나오미, 에이코 씨, 시즈코 씨. 이 세 사람이 하는 말이니까 틀림없을 거예요. 도키코 씨는 절박한 상황에 몰려 있었어요. 먼저, 그녀는 에이코 씨가 자기 작품에 손을 댄다고 생각하고 있었어. 한편 동생인 시즈코 씨에게는 정신적으로 살해당할 거라고 생각했고. 그리고 나오미에게는 자기의 후계자가 되라고 미끼를 던져서, 그 두 가지 망상의 증언을 시키려고 했어요. 그것이 진실이라고 봐요. 그녀의 피해망상을 증명할 것은 얼마든지 있어요. 그녀가 만년에 쓴 소설. 액자 안에 숨겨둔 나오미에게 쓴 편지. 시즈코 씨나 우리가 먹을 가능성이 있는 통조림에 독을 넣은 것. 그리고 에이코 씨와 시즈코 씨와 나오미의 증언도 그걸 뒷받침해주고 있죠. 여기까지는 모순되는 게 없어요. 그런데 그 유서는 이상하잖아요? 그녀의 피해망상이 요만큼도 엿보이지 않아요. 통조림에 독을 넣고, 액자 안에 편지를 숨기고, 나오미를 방으로 불러들인 사람이, 갑자기 제정신으로 돌아와 자기가 처한 상황을 깨닫고 그런 유서를 썼다는 게 말이 돼요? 그럴 리 없어요."

"그거야 모를 일이지. 갑자기 자기가 자기를 속이고 있다는 사실이 혐오스러워진 게 아닐까? 나도 그런 적 있어. 계속 눈을 돌리고 모른 척해왔는데, 어느 날 갑자기 그런 현실이 싫어진 거지."

츠카사가 반론을 제기했다. 하지만 그 말에는 힘이 없었다. 마음 어디선가 에리코의 의혹이 그럴듯하다고 생각하고 있는 것이다.

"도키코 씨가 그런 사람이 아니란 건, 다들 잘 알고 있잖아요?"

에리코는 낮은 목소리로 말하며 모두의 얼굴을 돌아보았다.

"자기에 대한 절대적인 자신감. 모두에게 미치는 자기의 영향력에 대한 자신감. 그것이 이토록 우리가 그 사람에게 끌리고, 이토록 우리가 그 사람을 증오하는 가장 큰 이유가 아닌가요?"

에리코의 말에 모두가 흠칫 긴장하는 것을 알 수 있었다.

해서는 안 될 말이었는지도 모른다, 하고 에리코는 생각했다. 분명 모두가 그렇게 생각한다 하더라도, 말해서는 안 되었다.

"그럼……. 그럼 그 유서는?"

나오미가 소리 나게 침을 삼켰다.

에리코는 줄곧 벽난로 앞에 서 있던 시즈코를 힐끔 올려다보았다.

시즈코는 표정 없는 얼굴로 담배를 피우고 있었다.

"시즈코 씨는 알고 있었죠?"

에리코는 시즈코를 노려보는 듯한 시선으로 물었다.

시즈코는 에리코를 보려고도 하지 않았다.

에리코는 시즈코를 응시한 채 말을 계속했다.

"아까 시즈코 씨가 도키코 씨에게 자기가 쓴 소설을 보냈다는 이야기를 했을 때, 뭔가에 마음을 빼앗기고 있다는 걸 알았어요. 왜 그럴까 줄곧 생각해봤어. 그렇게 중요한 이야기를 하면서 무슨 생각을 하는 걸까 하고. 그때 시즈코 씨는 깨달은 거에요. 자기가 보낸 소설의 내용을 다시 떠올렸을 때."

"무슨 말이야?"

츠카사가 갈라진 목소리로 물었다. 에이코도 지금은 온몸을 기울이고 이야기를 듣고 있었다.

에리코가 숨죽인 목소리로 말했다.

"우리가 유서라고 생각했던 편지가, 사실은 시즈코 씨가 보냈던 소설의 일부를 도키코 씨가 베껴 쓴 것이라는 것을.”

시즈코가 길게 담배 연기를 내뿜었다.

“……하여튼, 눈치가 빠른 친구라니까.”

질렸다는 듯 이렇게 말하고, 시즈코는 테이블 위에 놓인 재떨이에 담배를 눌러 껐다.

“그래, 그때 알았어. 그 유서가 내가 보낸 편지의 내용하고 똑같다는 걸. 4년 전에 그 유서를 보았을 때는 역시 내가 생각했던 대로라고 멋대로 착각했었는데, 지금 생각하면 내 소설을 그대로 베껴 쓴 거라고 보는 게 더 자연스럽겠어.”

시즈코는 머그잔을 들고, 블랙커피를 꿀꺽 들이켰다.

“도키코 언니한텐 정말 질렸다. 아직도 나하고 싸울 생각이었던 거야.”

시즈코는 빈정거리듯 웃었다.

“무슨 말이에요?”

츠카사가 고개를 갸웃거리며 물었다.

“그러니까 도키코 언니는 내가 보낸 소설을 자기 소설로 발표할 생각이 있었다는 거야. 잘 완성된 픽션으로 말이야. 고뇌하는 소설가라는 픽션. 이렇게까지 된 이상, 그로테스크한 블랙유머라도 좋을 뻔했어. 그 사람답지 않아? 역시 그런 데로는 머리가 잘 돌아간다니까. 그 사람이 만일 그걸 발표했다고 해도, 내가 썼다고는 입이 열두 개라도 말 못 하지. 언니한테는 그것이 나의 일방적인 사적 기록이라고 분명히 밝혔고, 그 내용으로 봐도 서로의 체면을 위해 내가 폭로할 수는 없었을 테니까. 정말 머리 좋지 않아?"

시즈코는 반은 어이없어하고, 반은 감탄하고 있었다.

에리코는 시즈코의 표정에 도키코에 대한 숭배와 경멸이 섞여 있는 것을 보고 복잡한 심정이 되었다. 그녀는 추억에 상처를 입었다. 그녀가 쏜 화살을 도키코는 확실히 되받아쳤다. 4년의 세월이 지난 지금, 그녀는 되돌아온 화살에 명중당한 것이다. 에리코는 두 사람 사이의 긴 갈등을 똑똑히 본 것 같은 기분이 들었다.

"뭐라고? 그럼 도키코 씨의 죽음은 도대체 뭐였단 말이야? 역시 살인 사건이었단 말이야? 지금부터 다시 범인을 찾아야 하는 거야?"

츠카사가 울상을 지으며 소리쳤다.

"그걸 지금부터 생각해봐야지."

에리코는 태연한 얼굴로 대답했다. 모두의 어깨가 일시에 축 처졌다.

목요일 밤 · 5

방 안은 조용했다. 바람도 없는 밤이라서 바깥도 아주 고요했다. 밤도 반이 넘게 지난 때라 기온은 급격하게 떨어지고 있었다.

모두 지쳐 있었다. 하지만 아무도 자리를 뜰 수 없었다.

에리코는 말없이 다시 뭔가를 골똘히 생각하고 있었다.

그런 에리코를 지켜보듯 다른 네 명은 멍하니 커피를 마시고 있었다. 시간만이 시시각각 흘러간다.

"내일 하면 안 될까? 벌써 오늘이지만. 머릿속이 절반은 이미 자고 있다고."

츠카사가 더는 못 참겠다는 듯 제안했다. 모두가 그 말에 동의한다는 얼굴이다.

"좋아, 다들 먼저 자. 나는 좀 더 생각해볼 테니까."

에리코는 정신이 딴 데 가 있는 사람처럼 중얼거렸다.

"에리코는 그게 살인 사건이었다고 생각해?"

츠카사가 테이블 위로 팔짱을 끼며 물었다.

에리코는 고개를 갸웃거렸다.

"모르겠어. 하지만 누군가에게 도키코 씨를 살해할 동기가 있었다고는 생각할 수 없어. 도키코 씨가 우리 모두를 죽일 동기는 있었던 것 같지만."

"그럼 더 설명하기가 힘들어지잖아."

"그러게. 그러니까 이렇게 고민하고 있잖아."

에리코는 톡톡 손가락으로 테이블을 두드렸다.

"이렇게 되고 보니까, 현실에서 무슨 일이 벌어졌는지 정말 모르겠어. 게다가 4년이나 지난 일이야. 이 집 안에서 무슨 일이 벌어졌는지 결국은 우리 중 그 누구도 알지 못해."

나오미가 불쑥 말했다.

"진실이란 하나뿐일까?"

츠카사가 이상하다는 표정으로 물었다.

"나에게 있어서의 진실과 나오미에게 있어서의 진실은 다르잖아? 이렇게 같은 방에서 같이 며칠씩 시간을 공유했다고 해도, 이곳에서 보낸 시간은 둘에게는 의미가 전혀 달라. 이번 이틀 밤을 보내면서 알게 된 진실이란 뭘까?"

"우리가 아무것도 모르고 있다는 것 아닐까?"

시즈코가 작게 말했다. 아주 잠깐 간격을 두고 두 사람은 고개를 끄덕였다.

"그래. 그건 너~무 잘 알았지."

순간 침묵이 흘렀다. 각자 이 이틀간 있었던 일들을 회상하고 있는 것 같았다.

"도키코는 정말 우리를 죽일 생각이었을까?"

에이코가 혼잣말처럼 중얼거렸다.

"네?"

에리코가 얼굴을 들었다.

"아니, 왠지 도키코답지 않다는 생각이 들어서. 그런, 선반 깊숙이 있는 통조림에 남몰래 세공할 여유가 과연 있었을까 싶어서. 그 당시의 도키코라면, 생각다 못해 무슨 짓을 저지를지 모를 상태였어. 일부러 통조림 같은 것에 넣을 필요는 없었단 말이야. 맘만 먹으면 언제든 독을 넣을 수 있었어. 부엌에는 조리 중인 냄비가 몇 개씩 있었으니까, 내가 자리를 비운 틈에 냄비에 독을 넣을 기회는 얼마든지 있었다고. 그편이 훨씬 쉽고 빠르지 않았을까?"

에이코는 모두를 돌아보았다.

"그건 그러네요."

"왜 그랬을까?"

다들 한 마디씩 하면서 미심쩍어했다.

"어쩌면 그녀에게는 그녀 나름대로 논리가 있었을지 모르지."

에이코는 어딘지 모르게 쓸쓸한 표정으로 웃었다.

"어쩌다 보니 올해는 고인을 나쁘게 말할 일이 많았지만, 역시 우리는 도키코 씨가 아니었으면 여기 이렇게 있지 않았겠지?

이런 직업을 선택한 것도 도키코 씨 영향이 컸고, 도키코 씨를 동경해서 책을 읽기 시작한 것도 사실이고."

츠카사가 멍한 눈으로 말했다.

"우리는 평생 도키코 씨에게서 벗어나지 못해."

나오미가 고개를 끄덕이며 동의했다.

"하지만 우리가 이런 식으로 자기를 두고 이런저런 이야기를 하는 걸, 도키코 언니는 더 기뻐할 것만 같아. 이렇게 지금도 언니가 주인공이잖아."

시즈코가 술이 깬 얼굴로 끼어들었다. 에리코가 고개를 끄덕였다.

"저기, 에리코. 자기가 명탐정이 되고 싶은 건 알겠는데, 지금 당장 해결할 필요는 없잖아? 다음은 내년을 위해 남겨두는 게 어때? 올해는 충분히 많은 것이 밝혀졌잖아."

"음……."

츠카사의 말에 에리코는 안타까운 듯 신음했다.

"금방 진상을 밝혀낼 수 있을 것 같은데 말이야."

"그게 우리한테 필요한 거라고 생각해?"

츠카사가 정면으로 응시해오는 것을 에리코는 놀란 눈으로 바라보았다.

"글쎄, 어떨까? 하지만 이 정도로 솔직하게 서로의 마음을 털어놓은 적은 없었잖아. 난 알고 싶어."

에리코는 이렇게 대답하면서도 은연중에 시선을 피했다.

츠카사는 담담하게 말했다.

"나는 알고 싶지 않아. 지금까지 우린 충분히 서로에게 상처를 줬어. 여러 가지 비밀을 알게 된 건 확실히 재미있었지만, 그렇다고 우리가 행복해졌다고는 생각하지 않아. 이 사건에 대해서는 언젠가 에리코가 논픽션으로라도 쓰면 되겠네. '누가 시게마츠 도키코를 죽였는가?'라고."

"누가 시게마츠 도키코를 죽였는가, 라……."

나오미가 한숨을 쉬었다.

"결국 그 사람은 자기가 자기를 죽음으로 몰아세운 거였어. 그날 그런 식이 아니라도, 언젠가는 죽음을 선택했을거야. 나는 역시 충동적으로 죽음을 선택한 거라고 생각해. 어쩌다 우리가 그곳에 있었던 건 운명이야."

"나오미는 자살설이군."

시즈코가 희미하게 웃었다.

"그래요. 돌고 돌아서, 내 결론은 그거예요. 시즈코 씨는요? 지금의 결론은?"

나오미가 시즈코의 얼굴을 보았다. 시즈코는 웃었다.

"내가 범인이야. 내가 죽였어. 여러 가지 의미에서 말이야. 하지만 나도 반격을 받은 셈이지. 솔직히 말해, 내 상처도 깊거든."

모두가 잠잠해졌다. 두 사람 사이에 일어났던 일을 생각하면, 그것 또한 맞는 말처럼 들렸다.

"츠카사는 어때?"

시즈코가 츠카사를 보았다. 츠카사는 어깨를 움츠렸다.

"난 모르겠어요. 하지만 나는 지금 생각하면 처음에 내가 했던 말이 맞는 것 같아요. 도키코 씨는 자살했다고 생각하지만, 그날 그곳에 우리가 있었던 것은 필연이었던 게 아닐까……. 우리에게도 도키코 씨의 죽음에 책임이 있지 않을까……."

"역시. 에이코 씨는?"

"나는 역시 자살이야. 그렇게 믿고 싶어. 그렇지 않으면 안 돼. 내가 그녀의 독자로 남아 있는 한은."

에이코는 확고한 어조로 이렇게 말했다. 틀림없이 그녀는 앞으로도 그렇게 공언할 것이 분명하다.

시즈코는 에리코에게 시선을 돌렸다.

"어때? 우리의 결론은 역시 다수결로 봐서 자살설이 될 것 같은데?"

"나……, 내 결론은 하룻밤 더 생각해보고 말할게요."

에리코는 완고하게 고개를 저었다.

"맘대로 해. 우리는 먼저 자야겠어."

시즈코는 작게 하품을 했다. 다른 세 명도 그녀의 말에 동의했다. 피로에 지친 목소리로 굿나잇 인사를 낮게 나누고, 객실에는 담배를 피우는 에리코 혼자 남았다.

목요일 밤·6

왜 나는 이렇게 화를 내고 있는 것일까?

에리코는 이제 몇 개비째인지 가늠할 수도 없는 담배를 재떨이에 눌러 끄면서, 쥐죽은 듯 고요한 객실에 앉아 허공을 응시하고 있었다. 정신은 맑다. 여기서 나는 무언가를 찾아내지 않으면 안 된다. 그런 생각이 자꾸만 든다. 그것이 대체 무엇인지는 도무지 모르겠지만. 연기가 객실 안을 가득 채우고 있었다.

누군가가 아직 거짓말을 하고 있을 가능성이 있을까?

에리코는 네 명의 얼굴을 차례로 떠올려보았다. 각자의 증언을 하나하나 체크해본다. 네 명의 목소리가 차례차례 뇌리에 떠오른다.

아니, 거짓말을 하는 사람은 아무도 없다. 모두 털어놓을 건 다 털어놓은 것 같다. 어딘지 모르게 편안해진 그 얼굴은, 모든 것을 털어놓은 안도감에서 오는 것이 틀림없다.

지금쯤 모두들 깊이, 모든 걸 다 잊고 잠들어 있을 것이다.

그런데 왜 나는 아직 마음이 개운하지가 않을까?

에리코는 냉정하게 자문했다.

재떨이 안의 꽁초를, 지금 피우고 있는 담배로 나란히 줄을 세워 정리한다.

사실 나는 그 대답을 이미 알고 있다. 나만이 도키코와 혈연관계가 아니기 때문이다. 가족 이상으로 깊은 관계를 가져온 에이코와도 비교가 안 된다. 나만이, 그녀들과 달리 도키코에 대한 굴레를 정 때문이라고 인정할 수가 없다. 혈연이라는 이유로 풀어낼 수가 없다. 제삼자의 눈으로 보고, 그 사건을 다시 생각한다. 이것이 나라는 인간이 시게마츠 도키코라는 인간에게 바칠 수 있는 공양인 것이다. 존경하기도 하고 두려워하기도 하고 동경하기도 했던 그 소설가에 대한 공양.

나는 이 일을 과연 글로 쓸까?

에리코는 자문했다.

지금 쓰고 있는 그 사적이면서 기묘한 원고. 내가 써야 할지 말아야 할지도 모르는 원고. 그 원고의 마지막은 '시게마츠 도키코 살인 사건'의 진상폭로로 끝날 것인가?

소설과 논픽션을 병행해서 교대로 쓰면 어떨까?

에리코는 문득 이런 생각을 떠올렸다.

도키코가 마지막에 썼을 허구의 소설과, 내 눈으로 본 시게마츠 가 여자들의 모습을 교대로 쓰는 것이다. 문제는 도키코의 문체를 내가 흉내 낼 수 있을까다.

에리코는 잠시 그 생각에 몰두했다. 소설과 논픽션이 혼연일체가 된 것. 지금 나의 기묘한 기분과 딱 어울릴지 모른다. 시게마츠 도키코라는 사람, 그리고 그녀를 둘러싼 사람들 자체가 허구와 현실이 혼합된 세계의 주민이라고 할 수 있을지도 모르니까.

냉기가 스멀스멀 몸을 휘감았다. 어느새 몸이 차가워져 있음을 깨달았다. 잘 보니 객실과 부엌문이 열린 채다.

머리가 맑아지는 것은 좋지만 이러다간 감기에 걸리고 말 것이다. 이번 3일간의 휴가가 끝나고 나면, 또다시 힘든 일상이 기다리고 있다.

그런 생각을 하니, 그 고된 하루하루, 대상을 쫓아다니는 힘든 하루하루가 떠올라 우울해졌다. 요즘 들어 이쪽에서 취재를 따내기가 너무 힘들다. 전화를 몇 군데나 걸어서 교섭을 해야 할 때면, 심장이 곤두박질할 정도다. 난 논픽션작가가 적성에 안 맞는지도 몰라. 지금까지 마음 깊은 곳 어딘가에서 어렴풋이 느꼈던 그 느낌이, 갑자기 마음 표면으로 모습을 드러냈다. 나 자신도 알고 있던 일이다. 지금 하는 일이 정리되면, 다음 일에 대해서는 다시 생각해볼 필요가 있을 것 같다.

문득, 에리코는 어디선가 문이 열리는 것을 본 것 같았다.

톡톡톡, 누군가 계단을 내려오는 소리가 들린다.

"……에리코? 아직도 안 자? 그만하고 자. 아직 하루가 남았잖아.”

츠카사가 눈을 깜박거리며 객실 안을 들여다보았다.

“응, 이제 자야지.”

에리코는 재떨이 안을 확인한 후 일어섰다. 그 순간, 돌연 뭔가를 느끼고 몸을 떨었다.

뒤를 돌아보았을 때, 벽난로 위에 걸린 거울 속에서 자신의 창백해진 얼굴을 발견했다.

“어때, 진상은 밝혀냈어?”

츠카사가 화장실로 향하면서 졸린 목소리로 물었다.

에리코는 츠카사의 말을 듣고 있지 않았다. 거울 속의 얼굴에 충격을 받고 동요하고 있었기 때문이다.

설마. 설마, 그런 일이?

에리코는 순간 휘청거리더니, 손으로 이마를 짚고 천천히 걸음을 옮겼다.

목요일 다음 날 아침

온화한 아침이었다.

부드러운 햇살이 창문 위에 레이스 같은 모양을 만들고 있다.

집 안에 사람이 깨어나는 소리가 들린다. 부엌문을 열고 들어온 것은 역시 에이코였다. 잘 잤는지 상쾌한 얼굴이었다. 그러다 부엌에 산더미처럼 쌓인 접시들을 보고는 질린 표정이 되었다. 하지만 그것도 주전자를 불에 올려 물을 끓이기 시작하면서 콧노래로 바뀌더니, 이내 대단한 속도로 접시와 술잔을 씻기 시작했다. 순식간에 하루를 시작하는 공기가 부엌을 가득 메운다.

"좋은 아침! 역시 빠르네요. 설거지가 장난이 아니네! 좀 거들게요."

다음으로 일어난 것은 시즈코였다. 하품을 하며 화장실에서 나오더니 소매를 걷어붙이고 행주를 집어 들었다. 그러고 나서 에이코가 씻은 접시를 능숙한 손놀림으로 닦았다.

"오늘 아침 메뉴는 뭐예요?"

"팬케이크하고 과일하고 홍차, 어때?"

"좋은데요!"

척척 손을 놀리면서 두 사람은 중얼거렸다.

"저 냄비, 어떡할 거야?"

에이코가 레인지 위에 올려진, 어젯밤 미트소스를 끓이던 냄비로 시선을 던지며 물었다.

"역시 어딘가에 신고를 해야겠죠? 하지만 경찰서로 가져가면 또 옛날이야기를 되풀이해야 할 텐데, 그건 싫고. 경찰이 아니면 의사나 보건소인데? 우선 아는 의사한테 물어볼게요. 가장 원만한 방법을 생각해봐요."

"난 소스는 음식쓰레기로 내보내고 냄비하고 국자는 폐기처분하면 좋겠어."

"그건 마지막 수단으로 남겨두자고요."

두 사람은 다시 입을 다물고 접시와 술잔을 깨끗하게 씻는 데에만 열중했다.

다른 세 명이 잠이 덜 깬 표정으로 줄줄이 들어왔다.

"웬일이야, 이렇게 일찍?"

시즈코가 놀리듯 세 사람을 보았다.

"좋은 아침~! 도와줄 거 없어요?"

"객실이 음식부스러기로 엉망이니, 창문 열고 청소기 돌려줘."

"OK!"

츠카사가 계단 아래 놓여진 진공청소기를 꺼내러 갔다.

"그리고 에리코, 이거, 신단(神棚)의 물잔 좀 바꿔다 줘. 나오미는 꽃병하고 화분에 물을."

에이코가 두 개의 컵에 물을 붓고는 부엌 테이블 위에 나란히 올려놓았다.

"네~!"

나오미가 한쪽 컵을 들고, 집 안 여기저기에 놓인 화분에 물을 주러 갔다.

하지만 또 하나의 컵은 제자리에서 꼼짝도 하지 않는다.

에리코는 꼼짝도 하지 않고 테이블 위의 컵 앞에 서 있었다. 그녀는 빠져들듯 눈앞의 컵을 응시하고 있었다. 얼굴색이 왠지 창백해 보였다.

그 모습을 보고 시즈코가 놀렸다.

"왜 그래? 멍청하게 서서. 어젯밤에 너무 늦게 잔 거 아니야?"

"저기……, 신단이 어디 있죠?"

"지금 잠꼬대해? 1층 도키코의 서재에 있잖아."

"1층 서재. 도키코 씨의 금고는?"

"그것도 서재잖아. 알면서 왜 그래?"

시즈코의 어이없어하는 목소리도 귀에 안 들어오는지, 에리코는 멍하니 말을 되풀이했다.

"항상, 이 컵을? 신단도, 물 주기도?"

갑자기 고개를 들고 에리코는 에이코에게 물었다. 에이코는 당황해하며 고개를 끄덕였다.

"그래, 맞아. 다 깨끗하게 씻으니까 별문제는 없을 거야. 듀라렉스•에서 대량생산하는 거라, 깨져도 금방 보충할 수 있거든."

에리코는 순간 눈에 띄게 창백해지더니, 휘청거렸다.

"에리코? 어디 아파?"

시즈코가 에리코의 팔을 붙잡아주었다.

에리코는 창백해진 얼굴로, 정신을 가다듬으려는 듯 깊게 심호흡을 했다.

"괜찮아, 아무것도 아니에요."

"괜찮은 얼굴이 아니야. 대체 왜 그래?"

시즈코가 에리코의 얼굴을 들여다보았다. 에리코의 눈은 텅 비어 있었다.

뭐지, 이 표정은?

시즈코는 그 눈에 스윽 빨려들 것 같은 착각이 들었다.

"츠카사가 했던 말이 옳았다는 걸 알았어요."

에리코는 낮은 목소리로 속삭이고, 진공청소기 소리가 요란하게 들려오는 객실을 돌아보았다. 시즈코도 에이코도 이끌리듯 객실 쪽을 보았다.

츠카사가 콧노래를 부르며 열심히 청소하고 있는 모습을, 세 사람은 기묘한 표정으로 부엌에서 바라보고 있었다.

•프랑스의 유리컵 제조회사. 강화유리로 만든 튼튼한 유리컵으로 유명하다.

목요일 다음 날·아침 식사

눈앞에는 김이 모락모락 피어나는 진한 홍차와 맛있게 구워진 팬케이크, 싱싱하고 예쁘게 깎인 과일이 흰 접시 위를 장식하고 있다.

그림책 속 풍경 같은 평화로운 아침.

하지만 모두의 시선은 우아한 아침 식사가 아닌 에리코를 향하고 있었다.

"내가 말한 게 옳았다니, 무슨 말이야?"

당황스러운 표정의 츠카사가 에리코의 얼굴을 보았다.

에리코는 굳은 표정으로 자신의 눈앞에 놓인 접시를 내려다보고 있었다.

"츠카사, 네 직감이 맞았어."

힘없이 말하고, 에리코는 귀찮다는 듯 홍차가 든 잔을 들어 입에 댔다.

"그러니까 자기가 말했던 사건의 진상을 알아냈다는 말이야? 그럼 알기 쉽게 설명해봐."

츠카사가 진지한 표정으로 물었다. 그래도 에리코는 츠카사의 얼굴을 보지 않았다.

"다들 후회 안 하지?"

에리코는 작게 말했다.

여자들은 얼굴을 마주 보았다.

"후회? 뭘?"

나오미가 이상하다는 얼굴로 물었다.

"정말 알고 싶어? 내가 내린 결론."

에리코는 겁먹은 것 같기도 하고 화가 난 것 같기도 한 표정으로 모두를 보았다. 여자들은 수상쩍다는 얼굴로 에리코를 바라볼 뿐이었다.

"무슨 뜻이야? 역시 우리들 중에 살인자가 있다는 말이야?"

시즈코가 도저히 무슨 말인지 모르겠다는 표정으로 물었다.

에리코는 다시 입을 다물고 말았다.

"여기까지 와서 안 들을 수는 없지."

에이코가 초조함을 감추지 못하고 말했다. 다들 같은 기분인지 동의하듯 고개를 끄덕였다.

에리코는 크게 한숨을 쉬었다.

"……도키코 씨도 같은 생각을 했던 거야, 에이코 씨랑."

에이코는 당황한 기색이 역력했다.

"나랑 도키코가? 무슨 생각?"

"어젯밤에 그랬잖아요. 통조림에 넣기보다는 조리 중인 냄비에 넣는 편이 손쉽고 빠르다고. 도키코 씨도 그렇게 생각했던 거예요. 그러니까 통조림이 두 개밖에 세공되지 않았던 거야. 모두를 독살할 좋은 방법이 없을까 궁리하다, 처음에는 대식가인 우리들만 먹을 만한 것에 독을 넣으려고 생각했어. 하지만 어깨가 아픈 도키코 씨가 통조림에 구멍을 뚫어서 독을 넣는 작업은 꽤 힘들었을 거야. 그래서 두 개까지밖에 못 넣고 그만두었던 거지. 게다가 그걸 우리가 언제 먹게 될지도 모르고. 그래서 그녀는 더 간단하게, 우리가 모인 날 냄비에 독을 넣기로 했어."

에리코가 담담하게 설명해나가자, 모두의 안색이 서서히 변해갔다. 그날 자기들이 도키코에게 살해될 예정이었다는 이야기를 들었으니 무리도 아니다.

"나, 마음 한구석에서는 계속 이상하게 생각했었어. 도키코 씨가 먹은 독은 캡슐이 아니었어. 금고 안에 남아 있던 독은 캡슐이었는데, 도키코 씨가 먹은 독은 아니었어. 다들 기억하지? 컵에 담긴 물에 독이 녹아 있었던 거. 도키코 씨는 그 물을 마시고 죽었어."

모두의 머릿속에 2층의 커피테이블에 놓여 있던 컵이 떠올랐다.

에리코의 머리에도 그 컵이 떠올랐다. 아까 부엌에 나란히 놓여 있던 컵과 같은 것이었다.

"보통은 캡슐을 먹고 물을 마셔. 도키코 씨가 가지고 있던 독은 캡슐이었으니까 보통은 그렇게 하겠지? 하지만 일부러 물에 녹여서 마셨어. 이상하지 않아? 분명 캡슐을 열어서 컵의 물에 녹였던 거야, 도키코 씨는."

"그게 어디가 이상해? 캡슐이라면 시간도 걸리고, 위 속에서 녹기를 기다리는 것보다는 즉시 약효가 나타나길 원했을 수도 있잖아."

츠카사가 물었다. 에리코는 고개를 끄덕였다.

"그래, 츠카사 말이 맞아. 도키코 씨는 그걸 노렸던 거야."

여자들은 또다시 서로의 얼굴을 보았다. 에리코가 말하는 의미를 이해할 수 없기 때문이었다.

"좀 더 알기 쉽게 설명할 수 없어?"

나오미가 애타는 얼굴로 재촉했다. 에리코는 굳은 표정으로 계속했다.

"자기가 도키코 씨라면, 부엌에서 조리 중인 냄비에 독을 넣고 싶으면 어떻게 하겠어?"

갑작스레 질문을 받은 나오미는 섬뜩한 표정이 되었다.

"냄비에 독을 넣어……?"

"그래. 모두를 한꺼번에 죽이고 싶어. 근데 냄비에 캡슐인 채로 집어넣을 바보가 있을까?"

"아!"

나오미가 뭔가를 깨달은 듯 놀라 입을 벌렸다.

"그거야. 독을 물에 풀어서, 에이코 씨가 한눈을 파는 사이에 그 물을 냄비에 붓는 게 더 낫지 않겠어?"

방 안이 잠잠해졌다.

에리코는 눈앞의 팬케이크를 응시한 채 이야기를 계속했다.

"그날 도키코 씨는 우리가 다 모인 걸 확인하고, 냄비에 독을 넣을 예정이었어. 그래서 서재 금고에서 독이 든 캡슐을 꺼내, 컵의 물에 미리 녹여두었던 거야. 그리고 그 컵을 1층 서재 책상 위에 올려두었어. 그 무렵, 우리는 늘 그렇듯이 바쁘기 이를 데 없는 에이코 씨를 도울 일이 없을까 우왕좌왕하고 있었지. 에이코 씨는 아까처럼 컵에 물을 붓고 누군가에게 부탁했겠지. '신단의 물을 바꿔주겠어?' 기억나……. 그때도 나였어……. 난 도키코 씨의 서재로 향했지. 그때 마침 전화벨이 울렸어. 도키코 씨에게 걸려온 전화였고, 도키코 씨는 서재에서 나와 전화를 받았어. 교대로 나는 서재로 들어갔고. 눈앞의 책상 위에 컵이 있었어. 똑똑히 기억해. 나는 그때 신단을 안 봤어. 책상 위에 컵이 있는 것을 보고, 도키코 씨가 신단의 물을 바꾸려고 전날 뒀던 물을 책상 위에 그대로 올려둔 거라고만 생각했지. 그래서 나는 책상 위의 컵하고 내가 가지고 갔던 컵을 바꿔 들었던 거야."

아무도 입을 열지 않았다. 에리코의 이야기가 의미하는 것이 그녀들 안으로 스며들기까지 꽤 긴 시간이 걸렸다. 아니, 그녀들은 이야기의 내용을 이해하는 것을 마음속 어딘가에서 거부하고 있었는지도 모른다.

“난 바꿔 든 컵을 들고, 복도에 서서 나오미하고 잠깐 이야기를 나누고 있었어. 생각나. 그때 내 뒤를 지나 조심스럽게 부엌으로 도키코 씨가 들어가는 기척이 났어. 도키코 씨는 전화를 끊고 서재로 돌아가, 책상 위에 있던 컵을 가지고 부엌으로 갔던 거야. 에이코 씨가 없는 틈을 타서 냄비에 컵의 물을 부었을 거야. 컵을 한 번 휙 헹궈서 싱크대 안에 넣어뒀겠지. 그리고 자기 서재로 돌아간 거야.”

에리코는 자신의 기억 속으로 돌아가려는 듯 눈을 지그시 감았다.

“난 그때 손에 조리용 장갑을 끼고 있었어. 무슨 일인가를 하다가 컵을 가지러 갔기 때문에, 지문은 안 찍혔어.”

다들 에리코를 응시한 채 미동도 하지 않았다.

“난 나오미하고 이야기하느라 정신이 팔려서, 손에 들고 있던 컵을 부엌 테이블에 올려놓았어.”

그 정경이 눈에 선하게 그려졌다. 복도 벽에 기대어 이야기에 열중하고 있는 두 사람.

테이블 위에 방치된 독이 든 컵.

“한 시간 정도 후에 도키코 씨가 서재에서 나왔어. 약을 먹을 시간이거든. 아무렇지 않은 얼굴로 부엌으로 들어왔어. 그녀는 어딘지 모르게 들떠 있었어. 이미 독을 넣은 뒤라 속이 후련했는지도 모르지. 약 먹게 물 좀 줘. 그녀는 누군가에게 말했어. 누군가가 테이블 위의 컵을 발견해.”

츠카사가 작게 비명을 질렀다. 새파래진 얼굴로 부들부들 떨고 있다.

"나…… 나야. 내가 부엌에서 그 컵을 봤어. 도키코 씨가 물을 달라고 하기에, 부엌에 있다고 말해줬어. 에이코 씨나 다른 누군가가 도키코 씨를 위해 따라놓은 거라고 생각했어. 내…… 내가 도키코 씨에게 독을?"

에리코는 고개를 좌우로 저었다.

"타이밍이 나빴어. 모든 타이밍이. 내가 나오미하고 그렇게 이야기하지 않고 곧바로 바꿔온 물을 버렸더라면 좋았을걸 그랬어. 그렇게 했다면 아무도 죽지 않았겠지. 모두 아무것도 모르고 지나갔을 거야."

"내가 먼저 말을 걸었어, 에리코한테. 복도를 걸어오는 에리코를 붙잡아둔 건 나였어."

나오미가 떨리는 목소리로 말했다. 에리코는 지친 표정으로 손을 들어 나오미를 제지했다.

"사고였어. 그건 사고였어. 자살도 살인도 아니야. 그냥 불행한 사고였던 거야. 이것이 내 결론이야. 어때, 이 진상은?"

에리코는 웃고 싶어졌다. 이 얼마나 멋진 결말인가!

"천벌이야. 그걸로 된 거야. 만일 그때 도키코 언니가 독을 마시지 않았다면, 우리가 죽었을 거야."

시즈코가 낮고 위협적인 목소리로 내뱉듯이 말했다.

츠카사는 테이블 위에서 머리를 감싸 쥐고 떨고 있었다.

"츠카사, 괜찮아. 네가 신경 쓸 일이 아니야. 그때 무슨일이 일어나지 않았어도, 언젠가는 일어났을 거야. 이 무슨…… 이 무슨 말도 안 되는!"

시즈코가 츠카사를 나무라는 듯한 목소리로 말하고, 피곤한 듯 묘한 미소를 지었다.

"에리코, 그걸 어떻게 알았어? 하룻밤 숙고한 결과? 어쨌든 대단한 통찰력이야."

에이코가 반은 감탄조로, 또 반은 깜짝 놀란 어조로 에리코에게 물었다.

에리코는 테이블에 팔꿈치를 괴고 두 손으로 머리를 누르면서, 힐끔 벽난로 위에 걸린 거울로 시선을 던졌다.

"거울이요."

"거울?"

"어젯밤, 츠카사가 화장실에 가려고 내려왔을 때 알았어요. 부엌하고 객실 문을 열어두면, 2층 문의 입구가 벽난로와 부엌의 거울을 통해 얼핏 보이거든요. 그 말은 저쪽에서도 이쪽이 보인다는 말이잖아요? 왜냐하면 어제 우리가 나오미 앞으로 보낸 편지가 든 액자를 떼어내면서 옆의 거울을 4년 전처럼 옆으로 밀어놓았거든요. 도키코 씨가 그날이 액자를 떼어놓았던 건 편지를 넣어두기 위해서기도 했지만, 옆에 있던 거울을 그 액자가 있는 위치로 옮겨놓기 위해서였던 거예요. 그렇게 하면 2층에서 부엌과 객실 상태를 엿볼 수 있거든. 도키코 씨는 그걸 알고 있었던 거야."

도키코는 그 순간을 설레는 마음으로 기다리고 있었던 것이 분명하다. 에이코가 요리를 객실에 있는 모두의 코앞에 자랑스레 내놓고, 환성이 고통의 신음으로 바뀌는 순간을. 누가 상상이나 했겠는가? 그 신음이 2층에서 약을 먹은 도키코의 입에서 흘러나오게 될 줄을. 그 순간, 도키코는 얼마나 놀랐을까? 그녀는 그때, 자기 몸에 무슨 일이 벌어졌는지 알고 있었을까? 자기의 서재에서 컵이 바뀌었다는 것을 깨달았을까?

에리코는 거기까지 생각하고 더 섬뜩한 느낌에 사로잡혔다. 마지막 순간 도키코는, 츠카사의 짓이라고 생각했을지도 모른다. 츠카사가 자기를 죽였다고. 전혀 생각지도 못했던 츠카사가 적이었다고. 만일 그랬다면, 자기는 도키코의 피해망상의 적을 마지막에 한 사람 더 늘린 셈이 된다. 부디 그렇지 않기를……. 에리코는 간절히 기도했다.

"말도 안 돼!"

에이코가 무의식적으로 중얼거렸다.

차가운 팬케이크를 내려다보면서, 그녀는 같은 말을 반복했다.

"말도 안 돼!"

목요일 다음 날·아침 식사(속편)

창밖에서 작은 새들이 모여 아침 노래를 연주하고 있었다.

에리코가 이야기한 내용이 모두의 가슴속으로 스며들어가는 동안, 아무도 입을 열지 않았다.

너무 생생하고 뜻밖인 결말에 새파랗게 질려 있는 여자들은 도무지 뭐라 말할 기운도 없이, 하나같이 각자 충격에 빠져 있었던 것이다. 폭탄을 투하한 에리코도 예외는 아니었다. 오히려 자기가 한 이야기의 무게가 쐐기처럼 가슴에 깊이 박힌 것만 같아, 역시 말하지 말았어야 했다는 아픈 후회가 쓰리게 마음속으로 파고들었다.

"에리코가 후회할 거 없어."

그 안색을 보고 시즈코가 화가 난 듯한 목소리로 말했다.

"그래, 어쨌든 우린 무슨 일이 있어도 에리코에게서 그 이야기를 듣고야 말았을 테니까……. 아아, 하지만 내가! 내가 마지막에 그 컵을…….”

츠카사는 이마에 손을 짚은 채 시즈코의 말에 동의하려고 했지만, 자기의 행동을 떠올렸는지 신음처럼 말끝이 거칠어졌다.

“제발, 츠카사. 널 힘들게 할 생각은 추호도 없었어. 이제 와서 이런 이야기 해봤자 소용없겠지만, 부탁이니까 괴로워하지 마. 처음에 컵을 잘못 가져온 건 나였으니까.”

에리코는 토해내듯 말하고 일그러진 표정으로 담배에 불을 붙였다. 담배를 문 순간 허기와 위의 통증이 느껴졌지만, 눈앞의 요리에 손을 댈 생각은 나지 않았다.

“모두의 죄야. 여기 있는 우리 모두의. 그렇게 말하자면 애당초 신단의 물을 바꿔달라고 부탁한 건 나였잖아.”

에이코가 지친 표정으로 한숨을 쉬었다. 나오미가 에이코에게 창백해진 얼굴로 고개를 끄덕여 보였다. 자기도 그렇다고 말하고 있는 것이리라.

“에리코, 담배 하나 줘.”

시즈코가 언짢은 표정으로 손을 내밀었다. 에리코도 굼뜬 동작으로 담배를 건넸다.

시즈코는 그녀답지 않게 연거푸 담배를 빨았다. 의자 등에 기대앉아 천장을 올려다본 채, 입술을 내밀고 후욱 연기를 내뿜는다.

“……멋져.”

“네?”

시즈코가 불쑥 꺼낸 말에, 나오미가 날카롭게 따져 물었다.

"지금 멋지다고 했어요, 시즈코 씨?"

나오미의 목소리에는 비난의 빛이 묻어 있었다.

시즈코는 건조한 미소를 나오미에게 날렸다.

"그래. 멋지다고 했어. 이로써 '시게마츠 도키코 살인 사건'은 완성됐잖아! 우리 전원이 공범인 걸로 말이야. 도키코 언니도 이걸 원했던 게 틀림없어. 자기를 죽일지 모른다는 망상을 가지고 있던 사람들을 모두 살인자로 만들어버렸잖아. 자기는 피해자로 끝날 수 있었고. 이것으로 우리는 영원히 도키코 언니에게서 벗어나지 못해. 영원히 그녀에 대한 죄의식을 가지고 살아야겠지. 이것이 그녀가 원한 대로가 아니고 뭐겠어? 그야말로 멋진 결말 아닌가?"

"공범이라니, 시즈코 씨는 아무 관련도 없으면서."

나오미가 불만스러운 듯 말하자, 시즈코가 사납게 돌아 보았다.

"잊지 마, 모두에게 독을 먹이자고 생각하도록 도키코 언니를 몰아세운 건 나였다는 사실을. 분명히 말하지만, 주범은 나야. 저 시게마츠 도키코를 매장시키는 역은, 바로 나라고! 내가 아니면 절대 안 돼. 말해두겠는데, 그런 중요한 역할은 누구에게도 양보하지 않겠어!"

그 말하는 기세에 다른 네 명은 할 말을 잃고 말았다.

정말……. 에리코는 새삼 생각했다. 시게마츠 도키코를 언니로 두고 산다는 것은, 또 시즈코를 동생으로 두고 산다는 것은 정말 큰일(그것은 멋지다는 것과 거의 동의어이긴 하지만)일 것이라고.

"……그래서?"

근심어린 표정으로 츠카사가 물었다. 모두가 츠카사의 얼굴을 보았다.

"그래서 앞으로 우린 어떻게 해야 하지? 죄가 밝혀진 살인범 5인조는?"

시즈코가 코웃음을 쳤다.

"뻔하잖아. 작년까지 그랬던 것처럼, 아무렇지 않은 얼굴로 살아가면 돼."

모두가 뒤통수를 얻어맞은 것처럼 멍한 표정이 되었다.

시즈코는 어깨를 움츠리고 모두의 얼굴을 돌아보았다.

"아니면, 지금부터 경찰서에 출두라도 하겠다는 거야? 수사도 끝났고, 유서도 있는 자살 사건인데? 나이 먹을 만큼 먹은 여자들이 줄줄이 몰려가서……, 누가 믿어주기라도 할까? 무엇보다, 여기 있는 우린 하나같이 꿈이나 꾸고 있는, 망상을 업으로 삼고 있는 사람들이란 걸 잊지 마."

망상이라는 말을 들은 순간, 에리코는 왠지 몸이 조금 가벼워진 것 같았다. 그것은 다른 사람들도 마찬가지인 모양이다. 농밀한 침묵이 테이블 위를 에워쌌다.

처음에는 새파란 얼굴로 자기의 윤리관과 생각지도 않게 저지르고 만 죄를 저울질하며 딜레마에 빠져 있었지만, 서서히 시즈코의 말에 매달리려는 마음이 커지기 시작하더니, 이윽고 표정에 교활함과 이기적인 속셈 같은 것이 떠오르고, 마침내 공범자만이 나눌 수 있는 시선들이 찌릿찌릿 허공을 가로질렀다.

그런 그녀들의 심경변화를 꿰뚫어 본 것처럼 시즈코가 말했다.

"폭로해서 세상에 드러내는 것만이 벌은 아니잖아. 어쩜 무덤까지 죄를 가지고 가는 것이 더 고통스러운 일일지 몰라. 하지만 우리에겐 그러는 게 더 어울려, 죽은 도키코 언니와 이 죄를 평생 공유하는 것이. 난 그렇게 생각해."

모두의 얼굴에 떠올라 있던 갈등어린 표정은 사라지고, 이번에는 괴괴한 침묵이 그것을 대신했다.

"에리코의 망상은 아주 완벽했다고 생각하지만, 증거가 아무것도 없어. 어떻게 생각하세요, 서스펜스 작가인 나오미 씨?"

갑자기 목소리와 말투를 정색한 후, 시즈코는 새침한 표정으로 나오미를 보았다.

나오미는 순간 놀란 눈으로 시즈코를 보았지만, 이내 이해했다는 표정이 되었다. 그리고는 여느 때와 같은 침착한 얼굴로 고개를 좌우로 흔들었다.

"절대 안 된다고 봐요. 에리코의 가설을 지지할 수 있는 건 모두의 기억뿐인걸요. 상황증거만으로는 경찰도 믿어주지 않아요. 미스터리를 잘 아는 프로 편집자에게는 퇴짜를 맞을 게 당연하고, 안 그래요?"

나오미는 에이코의 얼굴을 보았다.

모두가 덩달아 에이코의 얼굴을 보았다.

에이코는 테이블 위에서 깍지를 낀 채, 잠시 틈을 두었다. 이

웃고 곁눈으로 힐끔 에리코를 보더니, 아주 진지한 목소리로 한마디 했다.

"다시 써 오세요."

목요일 다음 날·아침 식사 후

이렇게 하여, 존재한다고도 하지 않는다고도 할 수 없는 '시계 마츠 도키코 살인 사건'은 각자의 가슴속에 묻어두기로 했다. 암묵적으로 의견일치를 본 다섯 사람은, 그제야 다 식어버린 아침 식사를 시작했다.

올해의 의식은 끝났다. 그런 분위기가 식탁 위를 감쌌다.

"시즈코 씨, 이제부터 뭐해요? 회사에 가나요?"

츠카사가 묻자, 시즈코가 입술을 일그러뜨리며 고개를 끄덕였다.

"당연히 그래야지. 평일에 사흘씩이나 쉴 수는 없잖아."

"그렇겠죠? 요즘 같은 시기에 목요일을 끼고 사흘이나 쉰다는 건 꽤 힘든 일이죠. 내 주변 사람들이야 이게 연중행사란 걸 알고 있으니까 괜찮지만. 에리코는?"

"음, 3시부터 시부야에서 내가 취재하고 있는 감독이 만든 최신 영화 시사회가 있어. 거기 갔다가, 시사회가 끝나면 그 감독을 또 따라다녀 봐야지."

모두의 관심은 완전히 '오늘 이후'로 기울어지고 있었다. 조금 전까지의 심각했던 공기가 꼭 거짓말 같다. 여자란 참으로 전환이 빠른 동물이구나! 에리코는 어이없음 반 놀라움 반의 심정으로 이렇게 생각했다. 하긴 우리는 10대 소녀도 아니고, 비극의 여주인공도 아니다. 일하면서 자신과 가족을 부양하고 있는 세상 대부분의 여자들에게는, 풀죽은 채 이미 지나버린 일로 미련하게 고민하고 있을 여유가 없다.

하지만 이것은 분명 겉으로 내보이는 태도에 불과할 것이라고, 마음 한쪽에서는 또 한 명의 자신이 속삭이고 있었다.

손실은 생각했던 것 이상으로 크다. 아까 시즈코가 말했던 대로, 우리는 이로써 완전하게 도키코의 노예가 되고 말았다. 앞으로 각자의 일상으로 돌아갔을 때, 우리가 그녀를 '죽였다'는 것이 서서히 우리의 사고를 잠식해올 것이 분명하다. 어느 날 문득, 꽃병을 대신해서 컵에 꽃을 꽂을 때. 냄비가 딸각딸각 소리를 내며 끓는 것을 지켜보고 있는 수증기 안에서. 말없이 신호를 기다리는 지친 인파 속에 있다는 사실을 깨달을 때.

우리는 시게마츠 도키코를 죽였다…….

"왠지 올해는 이 3일이 꽤 길었던 거 같아."

나오미가 그녀답지 않게 자신의 감상을 드러냈다. 그 무방비한 말투에, 모두 무심코 나오미를 보았다.

"이 모임, 내년에도 계속될까?"

연이어 아무렇지 않게 내뱉은 나오미의 말에, 모두 깜짝 놀란 표정이 되었다.

내년.

"내년이라……. 지금은 아무 생각도 하고 싶지 않아. 솔직히 말해, 너무 지쳤거든."

츠카사가 의자에 기대어 상체를 뒤로 젖히고는, 머리 뒤로 팔짱을 끼었다.

"동감이야. 내년 이맘때 다시 생각하자고. 올해는 너무 획기적인 해였으니까, 이쯤에서 끝내는 게 좋을 것 같아."

시즈코가 지겹다는 듯이 눈을 비볐다. 나오미는 순간 모두를 돌아보았다.

"나는 계속했으면 좋겠어. 나같이 자녀를 둔 보수적인 주부에게 이런 장소란 꽤 고마운 존재거든. 누군가를 만나고 사귈 때마다 너무 신경을 써서 그런지, 여기 오면 솔직해질 수 있고 마음이 편안해져. 얼마나 힘든지 몰라. 주부작가라고 아주 우아하게 살고 있는 것처럼 말들을 한다니까. 믿을 만한 친구한테 그런 불평을 늘어놓았더니, 말하기 무섭게 내가 '다른 사람들이 나를 오해하고 있다'고 불평하더라고 소문이 퍼진 거야."

나오미는 그때의 일을 떠올리자 새삼 화가 치미는지 눈가가 어두워졌다.

나오미가 얼마나 진지하게 소설에 열중하고 있는지를 알고 있는 만큼, 모두는 말이 없었다. 하지만 옆에서 보면, 나오미가 모든 걸 다 가진 부러운 여자로 보이는 것도 무리는 아닐 것이다. 원래가 상냥한 성격이 아닌 나오미는, 가지런한 얼굴 때문에 더욱 새침데기처럼 보인다. 게다가 자기의 감정을 설명하는 데 좀 인색한 편이라, 이웃 주부들이나 아이들 부모에게 그다지 좋은 인상을 주지 못하리라는 것은 쉽게 상상이 간다.

"그게 어때서? 진짜 잘못 알고 있는 거잖아."

츠카사가 코웃음을 치며 말했다.

"아니야, 안 그래. 세상 사람들은 사실을 말하면 오히려 화를 내는 법이거든."

에리코가 머리를 흔들었다.

"……한 가지 제안이 있어."

그때 흠흠 헛기침을 하고 에이코가 끼어들었다.

"뭔데요?"

시즈코가 수상쩍다는 시선으로 에이코의 얼굴을 보았다.

다른 여자들도 에이코에게로 고개를 돌렸다. 에이코가 자세를 단정히 하고 테이블 위에서 깍지를 낀 채 한 사람 한 사람을 돌아보았다.

"이제 때가 되지 않았을까?"

"무슨……?"

모두 의아한 표정으로 에이코의 얼굴을 뚫어지게 바라보았다.

"여러분은 글을 쓰는 사람들이에요. 시즈코 씨가 말했듯이 올해는 일단 그 사건이 해결되었다고 생각해도 될 것 같지 않아요? 적어도 지난 4년간 우리 모두가 꽁꽁 숨겨왔던 비밀들을, 이번에 다들 남김없이 털어놓았다고 생각해요. 속 시원하죠? 그렇다면 이제부터, 여러분 모두 도키코에 대한 글을 써도 되지 않을까요? 테마로도, 모티프로도 도키코는 최고의 소재가 될 거예요. 안 그래요?"

모두가 허를 찔린 사람처럼 멍한 표정이다.

에이코는 계속했다.

"어제 에리코가 쓰고 있다는 이야기를 듣고 놀랐지만……, 다른 분들도 써야 해요. 내년 모임 때까지, 다들 써보지 않을래요?"

갈수록 그 말투가 열기를 띠어간다는 것을 감지하고, 모두는 에이코가 진심이라는 것을 알게 되었다.

츠카사가 멋쩍은 표정으로 하하하 웃었다.

"하여튼 에이코 씨는 장삿속이 밝다니까! 역시 대단한 편집자셔!"

"그래요. 난 아직 쓸 수 없을 것 같아. 물론 언젠가는 써보고 싶지만, 지금 내 나이에는 좀……."

나오미도 망설이는 듯 어색한 미소를 지었다. 시즈코와 에리코는 무표정하다.

"난 진심이야."

에이코는 다시 열띤 목소리로 말했다.

츠카사와 나오미의 얼굴에서 웃음기가 사라지고, 네 명의 여자는 에이코의 얼굴을 뚫어지게 응시했다.

“몇 년이든 기다릴 수 있어. 내년까지 누군가가 한 편 써주기만 하면 다 같이 그걸 읽을 수 있을 거야. 에리코가 가장 빠르지 않겠어?”

“말도 안 돼요! 그건 정말 개인적인 거라니까!”

에리코가 기겁하며 손사래를 쳤지만, 에이코는 가로막듯 말을 계속했다.

“그래, 매년 한 작품씩이면 돼. 우리 다 같이 읽는 거야. 몇 년이 걸려도 좋아. 모두가 모두의 ‘시게마츠 도키코 살인 사건’을 쓰는 거야. 어떤 식으로 접근하든 상관없어. 그 사건을 다루지 않아도 괜찮아. 모두의 시게마츠 도키코를 쓰면 돼.”

목요일 다음 날 오후

온화한 햇살이 비치고 있었다.

가끔 부드러운 햇빛이 우구이스 저택의 빛바랜 녹갈색 지붕을 어루만지듯 차가운 공기 속을 스쳐간다.

현관이 열리고, 츠카사와 나오미가 나왔다.

"올해도 잘 먹고 갑니다. 틀림없이 올 테니…… 내년에도 잘 부탁해요."

둘은 코트를 걸치고, 현관 안쪽을 향해 손을 흔들었다.

"깜빡 잊고 있었네!"

문을 닫으려고 한 순간, 츠카사가 서둘러 가방 속으로 손을 찔러넣었다.

"에이코 씨 선물! 여기저기 돌아다니다가 잡화점에서 발견했는데, 너무 귀여운 부엌용품이라 냉큼 사버렸어요."

츠카사는 가방에서 빨간 리본이 묶여 있는 나무 스푼 같은 것을 꺼냈다.

"어머, 이게 뭘까?"

에이코는 그것을 건네받으면서, 나무막대기 끝에 달린 타원형의 칫솔 같은 부분에 손가락을 댔다. 츠카사는 약간 어색한 표정으로 머리를 긁적였다.

"뭐랄까, 타이밍이 좀 나빴죠? 이거, 스파게티를 넣고 소스하고 같이 끓일 때 사용하는 거래요."

"아아, 그렇구나!"

모두 고개를 끄덕이며, 우는 것도 아니고 웃는 것도 아닌 복잡한 표정이 되었다.

"정말."

에리코가 피식 웃었다.

"굿 타이밍이네!"

시즈코가 팔짱을 끼고 벽에 기댔다.

"그때 안 쓰길 얼마나 다행이야. 까딱 잘못했으면 폐기처분될 뻔했잖아."

에이코가 가슴을 쓸어내리는 시늉을 하자, 모두 낮게 웃었다.

"그럼."

"잘 지내."

"또 봐요!"

쿨하게, 하지만 정이 담긴 인사를 나누면서 츠카사와 나오미는 가볍게 손을 들어 보이고 역으로 향했다. 그 뒷모습을 현관에서 세 여자가 배웅했다. 그 얼굴에는 아무 표정도 없었다. 뻥 뚫린 것 같은 허탈감만이 남아 있다. 세 사람은 무심히 서로의 얼굴을 마주 보고는 소리 없이 집 안으로 들어갔다.

"휴우~."

"아이, 추워. 몸이 다 차네!"

"정말 피곤하다!"

"커피 새로 내릴게."

소곤소곤 나누는 말소리가 들리고, 문이 쾅! 하고 닫혔다.

우구이스 저택에서 일어난 일에 대해서는 서로 아무 언급도 하지 않은 채, 아무래도 좋을 잡담을 나누던 츠카사와 나오미는 터미널 역에서 헤어졌다. 머잖아 츠카사의 모습이 인파 속으로 사라졌을 때, 나오미는 내년 모임에서 다시 그녀를 만나게 되리라는 것을 마음 한구석에서 이미 확신하고 있었다. 그리고 걸음을 재촉하면서 벌써 그녀는 마지막에 에이코가 이야기한, 도키코에 대해 자기 나름의 접근방식으로 글을 쓴다는 생각에 골몰하고 있었다.

그래……. 이것으로 나는 도키코의 속박에서 벗어난 것인지도 몰라.

나오미는 코트의 옷깃을 꼬옥 움켜쥐었다.

이제 알았어. 나는 지쳐 있었던 거야. 마음 깊이 존경하고 있던 도키코 씨에게 멸시당하면서, 그녀의 날카로운 비판에 괴로워하면서, 죽어라 기를 쓰며 그녀의 후계자가 되려고 했던 나 자신을 연기하는 것에 지쳐 있었던 거야.

이제 내 목소리로 쓸 수 있다.

그런 생각만으로, 그녀는 몸 안이 기쁨으로 충만해지는 것을 느꼈다.

내 생각으로, 내 방식으로, 지금 내가 가지고 있는 기술을 총동원해서 그 사람에 대해 쓴다.

그것이 얼마나 기쁨(혹은 고통)으로 채색된 노정이 될지는 알고 있었지만, 나오미는 그 순간 자신이 그것을 해내리라는 것을 확신했다.

그래……, 어떤 수법으로 할까……. 지금까지 갈고닦아온 서스펜스의 수법을 좀 더 밀도 있게, 좀 더 연마된 심리소설의 영역으로 끌어올리고 싶다. 이 소설을 씀으로써 환골탈태했다는 말을 듣고 싶다. 시즈코 씨나 에이코 씨를 깜짝 놀라게 하고 싶다. 그래, 나에게는 『나비가 사는 집』의 대필작가라는 진짜 중요한 과거가 있으니까. 이 이야기를 객관적인 우화로 만드는 거야. 읽는 동안, 소설계의 대가인 중견작가와 젊은 작가 사이의 갈등에 등줄기가 오싹해질 정도의……. 두 사람의 소설을 교대로 쓰는 것은 어떨까?

처음에는 젊은 작가의 원고. 다음은 그것을 퇴고한 대가의 원고. 매일 담담하게 작업을 계속하는 사이, 당초의 플롯이 생각지도 않은 방향으로 흘러가고, 그와 함께 두 사람의 관계도 일그러지게 된다……. 이거 재미있겠는걸! 어디까지나 픽션으로 발표하는 거야. 하지만 독자는 그 뒤에, 당연히 나와 도키코 씨의 관계를 염두에 두면서 읽게 될 거야.

그것이 정말 있었던 일인지 어떤지, 모두 여러 가지 억측을 하겠지. 제목은 뭘로 하지? 심플한 게 좋아. 아예 『대필』로 하면 어떨까? 너무 노골적인가? 하지만 이 제목만으로 여러 가지 상상을 할 수 있어. 의미심장하지 않겠어? 소설이란 밀실에서의 개인 작업으로 태어나고, 완성품만이 사람들 눈앞에 드러나는 상품이다. 누구나 소설가의 내막에 관심을 가지고 있다. 틀림없이 뒤에는 은밀한 뭔가가 숨어 있는 게 분명하다고 독자는 믿고 있다. 그런 억측을 만족시키면서 결국은 허를 찌른다. 독자의 훔쳐보기 취미를 역으로 이용해서 다른 곳으로 유인한다……. 아니면 『우화』가 더 나으려나? ……도키코 씨가 죽고 몇 년이 지난 지금이라서 다행이다. 죽은 지 얼마 되지 않아 이런 걸 썼다면, 그저 그런 폭로성 원고로밖에 비춰지지 않았을 것이다. 지금이라서 다행이다. 출판사도 발표하기 수월하겠지. 생각해보면 지금까지 나에게는 항상 시게마츠 도키코의 조카라는 꼬리표가 붙어 다녔다. 그랬기 때문에 더더욱, 내 입으로는 일절 도키코 씨에 대한 언급을 피하면서 '나의' 소설을 평가받으려고 필사적으로 노력해왔다. 하지만 지금이야말로, 지금까지 사용하지 않고 보존해왔던 시게마츠 도키코의 조카라는 비장의 카드를 뽑아들 때다. 그리고 이번에야말로, 시게마츠 도키코를 그림으로써 그녀를 넘어서 보이겠어.

나오미는 주변의 그 누구도 보고 있지 않았다. 오로지 저 멀리 있는, 시게마츠 도키코의 뒷모습만을 뚫어져라 응시하고 있었다.

나오미와 헤어진 뒤, 츠카사는 터벅터벅 거리를 걸으면서 멍하니 에이코의 제안에 대해 생각했다.

도키코 씨에 대해 쓴다. 하하, 설마! 내가? 생각지도 못한 일이다.

이대로 집으로 돌아갈 마음이 생기지 않았다. 역사 안의 서점에 들어가 그럭저럭 시간을 때웠다.

전부터 가보고 싶었던 도쿄 사진미술관에나 가볼까?

이렇게 한가한 평일 오후 시간을 때우기에는 딱이라는 생각이 들었다. 츠카사는 정보지를 사서, 그 사진미술관이 특별전을 개최하고 있다는 사실을 확인한 후 개찰구를 향해 걸음을 옮겼다.

그때 자기가 다녔던 사립중학교 교복을 입은 여학생 두명이 걸어오는 것이 눈에 들어왔다.

아아, 그립다! 요즘 애들은 평일날 이런 데까지 놀러 오는구나.

자못 늙은이 같은 감상에 젖어서 소녀들을 지나친 순간, 먼 옛날의 풍경이 되살아났다.

아아.

긴장한 얼굴로 걸어가는, 교복 차림을 한 두 소녀의 얼굴이 선명하게 떠올랐다. 처음으로 둘이서만 시게마츠 도키코를 찾아갔을 때의 츠카사와 나오미의 모습이다.

그런 적도 있었지……. 둘이서 케이크와 꽃, 도키코 씨의 책을 들고, 사인을 받기 위해 문구점에서 사인펜을 사고, 둘 다 어느 순간부터 얼어붙어서는 거의 말도 하지 않았었지.

그 당시 진지하기 이를 데 없는 문학소녀였던 자신, 도키코 씨를 오를 수 없는 높은 산처럼 우러러보기만 했던 자신이 홀연히 가슴속에 되살아나, 츠카사는 그 자리에 우뚝 서고 말았다.

그래……. 글을 쓴다는 것에 대한 막연한 경외심과 동경을 품고 있었던 그 계절은, 아직도 내 안에 살아 있는 게 아닐까? 그리고 그날 처음으로 방문했던 그 사람 안에.

누군가와 부딪히고서야 자신이 도로 한가운데에 서 있었다는 것을 깨닫고, 츠카사는 허둥지둥 걸음을 떼어놓았다.

하지만 난 그 사람을 그릴 수 없어. 그토록 거대한 사람, 그토록 강렬한 색채를 가진 사람의 내면을 상상하는 것조차 나에게는 버거운 일이야. 솔직히 상상하고 싶지도 않지만.

하지만 나 자신의 이야기라면?

그런 생각이 머릿속을 스치자, 츠카사는 그제야 빛을 본 것만 같았다.

내 이야기라면 쓸 수 있지 않겠어? 처음 도키코 씨의 소설을 읽었을 때의 나, 그녀가 나의 친척이라는 사실을 알고 두려움이 앞선 복잡한 기쁨을 느꼈던 나, 나오미를 알게 되고 둘이서 도키코 씨를 방문했을 때의 나, 남몰래 소설을 쓰기 시작했을 때의 나.

그것을 나의 색채로, 수채화처럼 심플하게, 한 소녀의 성장을, 그 사람과의 거리나 그 사람에 대해 느꼈던 감정을 가지고, 연작 단편 형식으로 스케치할 수 있다면?

츠카사는 꿈꾸는 듯한 눈동자로, 만원 전철에 몸을 실었다.

"어머, 역시 아직 여기 있었네?"

고개를 들자 새먼핑크색 코트를 입은 시즈코가 서 있었다.

에리코는 아무 말 없이 담배를 고쳐 물었다.

시간이 이틀 전으로 되돌아간 것만 같았다. 요 전날 여기서 시즈코를 만난 후로, 겨우 이틀 밤밖에 지나지 않았다니!

"회사에 안 가봐도 돼요?"

에리코는 건너편의 우구이스 저택에 시선을 고정시킨 채 낮은 목소리로 물었다.

츠카사와 나오미가 돌아간 후 커피를 마시며 차후의 예정에 대해 이런저런 이야기를 나누고, 뒤이어 에리코가 우구이스 저택을 뒤로했다. 하지만 곧바로 역으로 향하지는 않고, 도착했을 때처럼 건너편 신사의 경내에 멍하니 앉아 담배를 피우고 있었던 것이다.

"그게…… 일은 얼마든지 있는데, 아직 돌아갈 마음이 안들어서."

시즈코는 에리코의 앞을 빙빙 맴돌았다.

"저, 시즈코 씨. 도키코 씨에게 보냈던 소설은 손으로 썼어요?"

느닷없이 에리코가 묻자, 시즈코는 우뚝 걸음을 멈추고 날카로운 눈길로 에리코를 보았다.

"왜 그런 걸 묻지?"

"그냥……, 내년 이 모임에서 제일 먼저 읽을 수 있는 게 시즈코 씨의 소설이면 좋겠다는 생각이 들어서요."

"말했잖아, 도키코 언니에게 보여주기 위한 소설일 뿐이었다고. 그래서 나한텐 없다고."

"에이코 씨 앞이라서 그렇게 말했겠지만, 그런 말 아무도 안 믿어요."

"왜?"

"글쟁이잖아요."

에리코는 어색한 미소를 지었다.

"걸작일 게 분명해. 저 시게마츠 도키코를 두렵게 만들고 궁지로 몰아넣은 소설이니까. 시즈코 씨도 그 작품을 쓰면서 그런 생각 안 했어요? 게다가 확고한 목적이 있는 소설이고. 자기가 완성한 작품, 그것도 걸작이라고 자신할 수 있는 작품을 글쟁이가 버릴 리가 없지요. 내 생각에는 회사 사장님 책상, 잠겨 있는 맨 윗서랍 속에, 소설이 들어 있으리라고는 도저히 상상도 할 수 없는 라벨이 붙은 디스켓이 들어 있을 것 같은데요?"

시즈코는 팔짱을 끼고 우뚝 서서 에리코의 얼굴을 노려보았다.

"정말이지 자기 성격이 나쁘다는 거, 이번에 뼈저리게 느껴!"

그녀의 이 말이 에리코의 추측에 대한 대답이 되었다.

"꼭 한번 읽고 싶은데."

에리코가 중얼거리자, 시즈코는 문득 얼굴에서 표정을 거두고는 고개를 돌려 먼 곳을 보았다.

"……언젠가는. 에리코에게는 보여줄게."

두 사람은 말없이 우구이스 저택으로 시선을 돌렸다.

"내가 처음으로 도키코 씨를 만났을 때, 도키코 씨가 『키재기』를 낭독해줬어요. 아니, 츠카사와 나오미에게 낭독해준 것을 들었다고 해야 하나? 그때 아주 강렬한 인상을 받았어요. 그 사람, 가끔 기분이 좋으면 자기가 좋아하는 소설을 주위 사람들 상관없이 낭독하는 버릇이 있었잖아요. 만년에는 그런 일도 없어졌지만……. 우구이스 저택에서 도키코 씨를 가운데 두고 모두 둘러앉아……. 우와, 이런 우아한 세계가 정말 있었구나! 감탄했더랬어요. 『작은 아씨들』 같은 세계가 정말 있었구나, 하고. 정말 충격적이었는데."

에리코가 혼잣말처럼 소곤소곤 이야기하는 것을 시즈코는 가만히 듣고 있었다.

"더듬더듬 읽는 게, 결코 잘한다고 할 수는 없었지만 분위기는 있었어요, 그 낭독."

에리코는 담배를 밟아 끄고 무릎 위에서 팔을 괴었다.

"시즈코 씨는 알고 있죠, 『키재기』의 미도리가 마지막에 친구를 거부한 건 처음으로 손님을 받았기 때문이라는 주장……. 왠지 미도리의 기분을 알 것 같아요. 글쟁이가 된다는 것, 처음으로 손님을 받는 기녀가 된 기분이잖아요. 집이 가난해서 강제로 손님을 받은 소녀와 비교한다고 뭐라고들 하겠지만……, 내 감각으로는 닮은 것 같거든요. 글쟁이로서 자신의 글을 발표한 순간, 그때까지 함께 있었던, 글을 쓰지 않는 사람과의 사이에 결코 지울 수 없는 선이 그어지고 만다는 사실. 평생 지울 수 없죠. 그나마 기예가 뛰어난 최고의 기녀가 될 수 있으면 다행이지만, 그저 수치심과 죄의식에 시달리면서 자신의 글을 팔다니……."

에리코는 거기서 말을 멈췄다.

시즈코가 생긋 웃었다. 에리코는 갑자기 수줍은 듯 얼굴을 붉혔다.

시즈코는 팔짱을 고쳐 끼었다.

"소설가 기녀설이라, 과연. 그래, 세상이란 게 부끄러운 일이나 더러운 일을 궁구하면 위대한 사람이 되어버리지. 참 신기하지? 그러고 보면 우린 아직 멀었어. 자기가 쓴 글을 부끄러워하며 쉬쉬하는 걸 보면."

시즈코는 손목시계를 보더니 홀연히 걸음을 옮겼다. 그리고 돌연 에리코를 돌아보았다.

"이렇게 추운데 더 있을 거야?"

"한 대만 더 피우고 갈게요."

"그럼, 먼저 갈게. 건강 조심하고. 내년에 자기 원고 기대하고 있을게."

"저도요."

시즈코는 얼핏 웃어 보이고는 총총걸음으로 멀어져갔다.

에리코는 얼마간 혼자 멍하니 경내에 앉아 있다가, 작게 하품을 하고는 차가워진 몸을 부르르 떨면서 일어났다.

좌우를 천천히 돌아보면서 느릿느릿 우구이스 저택을 향해 걸음을 옮긴다.

초인종을 누르자 금방 에이코가 나왔다.

"수고했어."

"정말 피곤하네요. 아이, 추워!"

"얼른 들어와. 따뜻한 차 내올게."

에리코는 크게 한숨을 쉬면서 안으로 들어갔다.

"너무 힘들었어요! 이런 역할 다시는 안 해요. 그렇게 감이 좋고 관찰력이 좋은 사람들을 상대하는 건 나한텐 너무 버거워요. 그 휴대전화 때는 진짜 간이 콩알만 해졌다니까요."

"잘해줬으면서 그래. 에리코, 연기력 대단하던데! 꽃병을 앞에 두고 공범이네 암약이 깨졌네 하는 설을 피로했을 때는 진짜 콩닥콩닥했어."

"나도 친구하고 완벽하게 입을 맞춘 게 아니었으니까요. '후지시로 치히로' 이름으로 꽃을 보내달라고만 했거든요. 다소 개연성을 남겨놓지 않으면, 이쪽도 완벽하게 놀란 표정을 연기할 수 없잖아요. 하여튼 그 친구도 참 못 말린다니까!"

"첫날, 에리코가 맥주를 가지러 부엌에 왔었잖아? 그때 사실은 '후지시로 치히로'는 에리코의 작전상 인물인지 확인하고 싶었어."

"내가 어떤 작전을 세웠는지는 말하지 않았으니까요. 에이코 씨의 작전은 들어 알고 있었지만."

"아, 아무튼 모든 것이 좋은 방향으로 흘러가서 다행이야. 잘 될 것 같아. 나오미는 금방이라도 시작할 거고, 츠카사도 부탁을 받으면 무시하지 못하는 성격이니까."

에이코는 달뜬 얼굴에 손을 댔다.

"아마도. 이러니저러니 해도 두 사람 모두 속기 쉬운 성격이잖아요."

"그나저나 놀랐어. 에리코가 감쪽같이 그런 걸 쓰고 있었다니."

에이코는 힐끔 에리코를 보았다. 에리코는 뾰로통한 표정을 지었다.

"그건…… 그때 분위기 때문에 나도 모르게 실언을 한 거예요. 에이코 씨의 예정에 나는 들어 있지 않았던 걸로 아는데요?"

"아니, 그거야말로 행복한 오산이야! 반드시 읽어볼테니 그리 알아."

에이코는 씨익 웃어 보이고 부엌으로 향했다.

"근데, 그렇게 맛이 이상했나?"

에이코는 부엌 귀퉁이에 놓인 냄비에 푹 손가락을 찔러보고, 내용물을 날름 핥았다.

"……이거 너무한데!"

"냄새가 정말 심했다구요. 대체 뭘 넣은 거예요?"

말을 잇지 못하고 있는 에이코 옆으로 와서, 에리코는 차게 식은 소스가 든 냄비 안을 들여다보았다.

"유통기한이 지난 세계의 각종 조미료를 섞어봤는데. 느억 맘• 때문에 더 심했나?"

"이런 냄새가 배면 진짜 폐기 처분해야 하는 거 아니에요?"

"사용하기 참 편한 냄비였는데, 아깝다. 씻어서 몰래 쓰지, 뭐."

"하지만 내년까지 그 냄비가 남아 있으면, 그 사람들 예리해서 금방 눈치챌걸요."

"내년이라면 문제없어! 그때쯤이면 다들 소설을 완성했을 테니까."

"그 순간 스파게티를 만들어 먹자고 얘기가 돼서 정말 다행이었지 뭐예요. 츠카사가 선을 봤다는 얘기는 들어 알고 있었고, 그녀의 서비스 정신으로 봤을 때 언젠가는 꼭 그 이야기를 해줄 거라고 생각은 하고 있었지만. 나오미가 스파게티를 먹자고 한 사람이 누구냐고 물었을 때는 얼마나 놀랐다고요."

도키코가 죽은 지 4년.

5주기를 맞이하여 한 가지 기획을 세우고 싶다고 말을 꺼낸 사람은 에이코였다.

•베트남에서 조미료로 사용하는, 발효시킨 생선으로 만든 간장.

요즘은 기다리기만 해서는 원고가 들어오지 않는다. 목표로 삼은 것은 이쪽에서 찾아가 캐내고 만들어내어 제작하는 것이 편집자가 할 일이다.

어느 날 에리코에게 전화를 걸어온 에이코는 이렇게 말을 꺼냈다.

매년 모두가 도키코를 기리기 위해 모임을 갖고는 있지만, 최근 들어 매너리즘에 빠져버렸다. 에이코 입장에서는 모이는 멤버 모두가 무언가를 써주기를 바란다. 하지만 직접 대놓고 부탁해도, 다소 심술궂은 데가 있는 여자들인 만큼 순순히 들어줄 리 없을 것이다. 그래서 조금 자극을 주자고 생각한 에이코가 에리코에게 슬쩍 도움을 청해왔던 것이다. 물론 에리코는 난색을 표했다. 하지만 에이코가 몸담고 있는 유명 출판사의 문예 잡지에, 원하는 테마로 원고를 쓸 기회를 주겠다는 제안을 거절할 정도로 깨끗한 사람은 못 되었다. 그렇게 해서 에리코가 '후지시로 치히로'를 수배하고, 에이코가 소스 통조림에 이상한 냄새가 나는 조미료를 넣는 등 주도면밀한 '과거로부터의 목소리'를 연출하게 된 것이다.

"아무리 그래도 예상 밖의 전개에는 진짜 놀랐어요. 숨겨둔 비밀들이 속속 나오는데, 이게 대체 무슨 일인가 싶더라니까요!"

에리코는 질린 표정으로 차를 홀짝였다.

"만만찮은 사람들이라는 건 알고 있었지만, 나도 무표정을 가장하느라 얼마나 고생했다고. 내가 당초에 의도했던 것은 다시

한 번 도키코를 회상하는 것뿐이었는데. 나오미가 은밀하게 도키코와 뭔가를 꾸미고 있다는 것은 눈치채고 있었고, 시즈코가 도키코에게 압력을 가하고 있다는 것도 알고 있었지만……. 설마, 설마 진짜로 '시게마츠 도키코 살인 사건'이 거론될 줄은 꿈에도 몰랐어."

웃으면서도, 에이코는 적이 겁먹은 듯한 목소리로 말했다.

"맞아요, 정말."

에리코는 찻잔을 양손으로 감싸 쥐면서 대꾸했다.

어젯밤, 거울 속에서 그 해답을 찾아냈을 때의 충격이 새삼 되살아났다.

"귀신을 잡으려다 귀신이 된 격이군."

그리고 오늘 아침의 그 발견도……. 어쩌면 훨씬 이전부터, 내가 올해의 배후인물이 되기로 정해져 있었던 건 아닐까? 그런 운명이었을까?

에리코는 멍하니 생각에 잠겨 있었다.

"모두를 죽일 생각이었으면서, 왜 그날 도키코 씨는 나오미에게 보낼 편지를 숨겼을까?"

문득 그런 생각이 들어, 혼잣말처럼 중얼거렸다.

"글쎄. 이제 와서 진실을 알 수는 없지만, 보험이라고 생각했던 건지도 모르지."

에이코가 천천히 고개를 저었다.

"보험요?"

"도키코가 독을 가지고 있었다는 걸 아는 사람은 우리들뿐이야. 우리가 죽어버린 뒤에 시즈코를 범인으로 몰 생각이었는지 모르지."

두 사람은 잠시 얼어붙은 표정으로 말이 없었다.

어쨌든 너무나도 많은 이야기를 듣고 말았다. 잠시 머리를 비우고, 거기서부터 다시 저 사적이고 기묘한 메모를 시작하고 싶다.

"어쨌든 덕분에 작전은 성공했어. 이젠 결과를 지켜보기만 하면 돼."

에이코는 연거푸 고개를 끄덕거렸다. 에리코는 힐끔 에이코를 보았다.

"에이코 씨도 쓰는 거죠?"

"뭐? 내가? 말도 안 돼, 난 편집자인걸."

에이코는 웃으며 손을 내저었다.

"에이코 씨, 아까 이렇게 말하지 않았던가요? 다 같이 읽자. 모두가 모두의 '시게마츠 도키코 살인 사건'을 쓰는 거야. 모두의 시게마츠 도키코를, 이라고. 모두라면 당연히 에이코 씨도 포함되는 거 아닌가요?"

"아무리 그래도……."

에이코는 떫은 표정을 지었다.

"써봐요, 편집자의 시점에서. 제목은 내가 붙여줄게요. 음……, 예를 들면 『또 하나의 뱀과 무지개』. 부제는 『시게마츠 도키코와의 세월』, 어때요? 『우구이스 저택의 창에서』. 이것도 괜찮은데요? 좋았어! 츠카사나 나오미의 소설하고 세트로 해서 출판하면, 픽션과 논픽션을 동시에 음미할 수 있을 거예요. 흠, 좋은 생각이야. 안 그래요?"

"말이나 못하면!"

"좋잖아요, 어차피 전집을 만들려면 연보 같은 것도 만들어야 할 텐데. 그것하고 같이 쓰면 기억도 잘 날 테고, 일석이조네, 뭐!"

에리코가 이렇게 말하자, 어이없어하던 에이코의 표정이 어렴풋이 변하는 것을 알 수 있었다.

"흠. 확실히 좋은 생각이긴 해."

"그렇죠?"

에이코는 갑자기 생각에 잠기더니 차를 한 모금 마셨다.

두 사람이 차를 홀짝이는 소리가 방 안 공기를 흔든다.

작은 사무실에 도착하자 사원들은 모두 나가고 없고, 사무실을 지키고 있던 아르바이트 학생이 노트를 보면서 연락사항을 전달해주었다. 시즈코는 사무실 가장 안쪽에 있는 자기 책상에 가 앉아, 한동안 여기저기 전화를 돌렸다. 그리고 산더미처럼 쌓인 교정지를 살피기 시작했다. 하지만 머릿속은 온통 맨 윗서랍에 들어 있는 디스켓에 대한 생각으로 가득 차 있었다.

그리고 지금쯤 우구이스 저택에서 반성회를 열고 있을 에이코와 에리코에 대한 생각으로.

하여튼 가지가지 방법을 다 동원하는군, 에이코 씨도. 천생 편집자라니까.

시즈코는 피식 웃었다.

일 외에는 다른 사람 일에 전혀 간섭하지 않는 에리코가, 자기 생각만으로 그런 엄청난 연극을 꾸밀 리가 없어. 배후에 누군가가 있다고는 생각했지만, 아무리 생각해도 그런 일을 할 수 있는 건 에이코 씨밖에 없어. 에리코를 매수하려면 뭔가 일감을 미끼로 던질 수밖에 없었을 테지. 게다가 그 소스 소동은 또 어떻고. 그것도 이상해. 그 꼼꼼한 에이코 씨가 아무리 통조림이라도 도키코 언니가 살아 있을 때 받은 것을 그대로 놔뒀을 리가 없지. 4년! 4년이야, 아무리 통조림이라도 유통기한이란 게 있는데. 내가 그 빈 캔을 들어올렸을 때, 아직 새것이란 걸 알 수 있었어. 그때는 깊게 생각하지 못했지만, 통조림 뚜껑에 표기된 유통기한 일자를 자세히 봤더라면, 최근에 산 것이란 걸 확인할 수 있었을 텐데. 완전히 사람을 놀리고 있어!

마음속으로는 어이가 없고 화도 났지만, 시즈코의 얼굴은 싱글싱글 웃고 있었다.

"무슨 좋은 일이라도 있으세요?"

빠른 걸음으로 책상 사이를 오가며 쓰레기를 모으고 있던 작은 체구의 여자가, 시즈코의 얼굴을 보고 물었다.

"아, 아니에요."

시즈코는 어깨를 움츠리고 손으로 입을 막았다.

여자는 머릿수건을 한 손에 벗어들고 살며시 고개를 숙였다.

"사장님, 죄송합니다만 전에 말씀드린 대로 오늘은 그만 돌아가 보겠습니다."

날카로운 허스키보이스다.

항상 생각하는 거지만, 칠순이 다 된 지금도 저렇게 아름다운 걸 보면, 이 사람은 젊은 시절 대단한 미인이었을 것이다.

"아, 그랬죠? 어서 가보세요. 연극이라고 했나요?"

"예, 히비야에서 뮤지컬을."

"애인하고요?"

"후후후."

여자는 작은 입을 손으로 가리며 요염하게 웃었다. 시즈코는 그 손에 눈길이 끌렸다.

"어머나, 다니구치 씨, 색이 참 예쁘네요!"

시즈코는 여자의 손가락 끝을 잡고 예쁘게 칠해진 매니큐어를 보았다. 여자는 환하게 웃었다.

"고마워요. 손자가 뉴욕에서 사다 주었답니다. 뭐라더라, 거기에서는 꽤 인기가 있는 일본인 아티스트가 만든 새로운 색이라나 뭐라나."

"역시!"

"그럼, 실례하겠습니다."

여자는 작게 고개를 끄덕여 보이고, 쓰레기봉투를 들더니 바쁜 걸음으로 사무실을 빠져나갔다.

시즈코는 신사에서 웅크리고 앉아 담배를 피우고 있던 에리코의 모습을 떠올렸다.

에리코, 지금도 우구이스 저택에서 뚱하게 앉아서 담배를 피우고 있을 게 틀림없어.

시즈코는 천천히 의자를 돌렸다.

하지만 아무래도 줄거리는 두 사람이 예기치 못했던 방향으로 흘러간 것 같지? 에리코가 그런 식으로 해답을 찾아내리라고는……, 정말 의외였어. 이번 수확은 뭐니 뭐니 해도 에리코였어. 탐정 역을 멋지게 해냈으니까.

시즈코는 살며시 잠긴 서랍에 손을 대보았다.

확실히 에리코가 말한 대로, 도키코 언니에게 보냈던 소설의 원본은 여기에 보관되어 있다. 하지만 난 이대로는 절대 발표하지 않을 거야. 전면적으로 수정을 할 거야. 얼마나 언니를 사랑했는지, 얼마나 언니가 쓴 소설을 사랑했는지…….

독자의 눈물을 자아낼 감동적인 자매애를 다룬 소설로, 이 무서운 원고를 다시 태어나게 할 거야. 몇 명이나 울릴 수 있을까, 몇 명을 속일 수 있을까. 그것이 도키코 언니에 대한 나의 도전이자 공양이 될 거야.

제목은 이미 정해져 있다.

"사장님, 1번에 가제마 사무실의 스기타 씨 전화입니다."

"네~!"

시즈코는 전화기의 점멸하고 있는 버튼을 누르면서, 속으로 중얼거렸다.

『러브레터』.

저녁놀이 소리 없이 다가오고 있었다.

에이코는 새까매진 창밖으로 시선을 돌리고, 창문 틈으로 들어오는 바람에 사르르 몸을 떨며 집 안의 모든 커튼을 치기 시작했다. 역시 연 사흘간 5인분의 요리를 만들어서인지, 새삼 자신의 저녁을 만들기가 귀찮아졌다. 에이코는 원고를 읽으면서, 냉장고에 있는 음식으로 간단히 저녁 식사를 마쳤다.

드디어 나 혼자 남았군.

에이코는 썰렁해진 방 안을 둘러보았다. 바람이 부는지 멀리서 붕붕 하는 소리가 들린다.

우구이스 저택은 다시금 고요한 밤을 맞이하고 있다.

올해도 끝났어, 도키코. 당신의 피를 이어받은 사람들은 나날이 성장하고 있어. 씨는 뿌렸어. 이젠 성장과 수확을 기다리기만 하면 돼. 난 느긋하게, 그리고 주의 깊게 지켜볼 생각이야. 당신의 죽음이 영양분이 되어서, 모두가 무럭무럭 성장해가는 것을…….

에이코는 마음속으로 도키코에게 말을 걸었다.

그 온화한 생각을 가로막듯이, 그 전날 밤의 광경이 플래시백처럼 되살아난다.

도키코, 당신 손으로 막을 내려야 해. 당신 같은 사람이 물러날 때도 모른다는 건 정말 비참한 일이야. 난 그만 빠지고 싶어.

에이코에게는 그 밤의 자신의 목소리가 바로 어제 일처럼 선명하게 들리는 것 같았다.

그 밤, 내가 도키코에게 최후 통첩을 보낸 날 밤.

얼어붙은 듯한 도키코의 얼굴. 새하얗게 질린, 까칠까칠한 바위 같은 얼굴. 꽈당! 하고 닫히는 문소리.

말하고 싶지 않았다. 하지만 두 사람은 그 정도로 아슬아슬한 상태에 몰려 있었던 것이다.

그 전날 밤, 두 사람은 각자 뭔가를 결심했다.

그리고 그날.

도키코는 자기 방에서 부엌의 상황을 엿볼 수 있도록 거울을 옮겨놓았을지 모르지만, 반대로 말하면 내 쪽에서도 도키코의 모습을 볼 수 있었다. 문이 열려 있으면, 2층의 모습도 서재의 모습도 벽난로 위의 거울에 다 비쳤으니까.

그래도 나는 모르는 체 요리에 몰두하는 척했다. 하지만 나는 결코 놓치지 않았다. 도키코가 금고에서 작은 캡슐을 꺼내는 것을. 나는 그녀가 결심했다는 것을 직감했다. 나는 요리를 만들면서도 속으로는 제정신이 아니었다. 떨리는 가슴으로 도키코를 지켜보고 있었지.

그리고 그때, 운명의 전화가 걸려왔다. 도키코를 찾는 전화가.

도키코가 서재에서 나왔을 때, 책상 위의 컵이 보였다.

생각보다 먼저 말이 나왔다.

에리코, 신단의 물을 바꿔주겠어?

에리코. 우구이스 저택의 방 배치에 대해서는 제일 모르는 에리코. 그녀는 예상대로 책상 위의 컵과 내가 건네준 컵을 바꿔왔다. 그 물을 버리기만 하면 모든 것이 원만하게 끝날 수 있었는데…….

하지만 그 컵은 우왕좌왕하는 사이에 도키코의 손에 넘어가고 말았다. 2층으로 올라간 도키코. 그 컵을 든 도키코가, 약을 먹으러, 2층으로…….

하지만 나는 아무 말도 하지 않았다.

그녀를 말리지 않았다.

그대로 요리를 만들고 있었다. 불에 올려둔 포토푀의 수증기만 응시하고 있었다.

왜였을까? 그때는 그것이 자연스러운 것처럼 여겨졌었다. 그렇게 되는 것이 운명이라고 생각했던 것이다.

금고 속에 있던 편지를 염두에 두고 있었기 때문인지도 모른다. 이전부터 언젠가 도키코가 나를 독살할지 모른다는 불안감이 있었다. 도키코가 독을 사용했는지를 확인하기 위해, 나는 가끔 그 금고를 몰래 열어보곤 했다. 그러다 그곳에 그녀의 유서 같은 것이 들어 있다는 것을 발견하게 되었다.

설마 시즈코가 쓴 원고를 베꼈을 거라고는 상상도 못 하고. 포토푀가 든 냄비를 들고 객실로 들어갔을 때, 이상한 표정을 짓고 있던 에리코. 지금 생각해보면, 그녀는 이미 그때 이변과 진상을 마음속 어딘가에서 눈치채고 있었는지도 모른다.

이제 됐어.

그때, 나는 왠지 그렇게 생각했다. 이로써 도키코는 자기 스스로 막을 내릴 수 있게 된 것이다. 모두가 원하는 방식, 내가 원하는 방식으로.

에이코는 커튼 너머의 창…… 아니, 그 밖에 있는 어둠을 뚫어지게 응시하고 있었다.

괜찮아, 도키코. 당신의 훌륭한 작품, 당신의 훌륭한 예술은 내가 확실히 후세에 전해줄게. 앞으로도 이 모임, 당신을 기리기 위한 이 모임은 매년 계속될 거야. 다 같이 당신에 대해 글을 쓸 거야. '시게마츠 도키코 살인 사건'은 앞으로도 온갖 억측과 수수께끼를 낳으면서, 틀림없이 전설이 될 거야.

에이코는 자리에서 일어나 히터의 온도를 높였다.

이것이 그 첫 시작. 오늘 밤부터, 당신과 보낸 세월을, 완벽한 연보로 만들 생각이야.

에이코는 온화한 표정으로 도키코의 전 작품이 가지런히 꽂혀 있는 책장의 유리문을 열고, 도키코의 데뷔작인 『뱀과 무지개』를 꺼내 들었다.

목요조곡 (원제 : 木曜組曲)

1판 1쇄 2017년 9월 15일

지 은 이 온다 리쿠
옮 긴 이 김경인

발 행 인 주정관
발 행 처 북스토리(주)
주 소 경기도 부천시 길주로 1 한국만화영상진흥원 311호
대표전화 032-325-5281
팩시밀리 032-323-5283
출판등록 1999년 8월 18일 (제22-1610호)
홈페이지 www.ebookstory.co.kr
이 메 일 bookstory@naver.com

ISBN 979-11-5564-151-4 04830
979-11-5564-020-3 (세트)

이 도서의 국립중앙도서관 출판시도서목록(CIP)은 서지정보유통지원시스템 홈페이지(http://seoji.nl.go.kr)와 국가자료공동목록시스템(http://www.nl.go.kr/kolisnet)에서 이용하실 수 있습니다. (CIP제어번호 : CIP2017019478)